Sibylle Berg

Der Tag, als meine Frau
einen Mann fand

Roman

Carl Hanser Verlag

Auch als ⓔ-Book / www.hanser-literaturverlage.de

1 2 3 4 5   19 18 17 16 15

ISBN 978-3-446-24760-4
© Carl Hanser Verlag München 2015
Alle Rechte vorbehalten
Umschlag: Peter-Andreas Hassiepen, München
Satz: Gaby Michel, Hamburg
Druck und Bindung: CPI – Ebner & Spiegel, Ulm
Printed in Germany

Der Tag, als meine Frau
einen Mann fand

Vor einem Jahr ...
Rasmus wird gestört

Ich komme.

Und das Telefon klingelt.

So viel zum Thema: Warum schlägt der Blitz in Bäume, unter die man sich verkrochen hat, warum fallen beide Triebwerke des Flugzeugs aus, in dem ich sitze. Noch ein Beispiel habe ich nicht, der Dreiklang wird ohnehin überschätzt. Ich verschmiere die Tastatur des Computers beim Schließen der Seite: Schulmädchen schauen dich an. Als könnte mich einer durchs Telefon beobachten. Hoffnungslos. Digital Immigrant. Ich stolpere über meine Hose, die an meinen Füßen hängt. Schlage mit dem Gesäß an einen Freischwinger, greife, um einen Sturz zu verhindern, mit verklebter Hand auf den Beistelltisch, fange mich, nehme das Mobilgerät, hoppla, die Tastatur. Keuche, versuche mich zu sammeln. Schwer atmend, in Erwartung einer großen, wichtigen Nachricht, denn wer ruft, außer Diktatoren und dem Nobelpreiskomitee, heute noch an. Es ist Chloe, die fragt, ob ich Lust habe auf chinesisches Essen.

Rasmus entfernt Körperflüssigkeit aus seiner klösterlich kargen Wohnung

Natürlich habe ich keine Lust auf chinesisches Essen, verdammt, ist dieses Sperma schwer wegzuputzen, mir brennt der Magen immer davon, ist das wirklich so schwierig, sich nach fast zwanzig Jahren zu merken, dass mein verdammter Magen nach dem verdammten Chinafraß brennt. Ich habe den Pullover an, den meine Mutter mir gehäkelt hat. Sie hat Rentiere aufgestickt, die wie Waschbären aussehen. Ich habe das Gefühl, nur von Frauen umgeben zu sein, die aus verrückten Gründen an meinem Untergang interessiert sind.

Nur die Teenager von der Youpornsite verstehen mich.

Mein Gesicht, das sich in einem Chromteil der Musikanlage spiegelt, auch so eine Idee, dass ich mit andächtig gefaltetem Mund vor dieser überdesignten Anlage hocken und diversen Oratorien lauschen wollte, ist bleich. Weiß in einer Art, als wäre ich vor kurzem zum ersten Mal ins Freie gelassen worden, nachdem ich vierzig Jahre in einer Versuchsanlage zugebracht habe. Ich stehe mit heruntergerutschter Hose vor dem Bücherregal, denke an Sodbrennen und an Heiligabend, der heute mit chinesischem Essen gebührend gefeiert wird, in dieser zufriedenen Trostlosigkeit mittelalter, kinderloser Paare, ziehe ein Buch aus dem Fach, einen Gedichtband, die Idee, ein Bücherregal im Wohnzimmer stehen zu haben, ging Hand in Hand mit dem Oratoriengelausche, doch dann lese ich mich fest, sozusagen, was, um so richtig überbordend lustig zu sein, nicht an meinen klebrigen Händen liegt.

Schritt ich Tiger auf der Fährte
nach dir, junges, blondes Reh,
aber du, die Nachtbescherte,
flohst in Birke, Gras und See.

Es ist mir nicht oft vergönnt, in einem Kunstwerk eine für mich gültige Aussage zu finden. Von hundert Theaterstücken, die nicht ich inszeniert habe, erregt mich eines, von tausend Ausstellungen zeitgenössischer Kunst bleibt mir meist nicht einmal ein einziges Bild von Wichtigkeit, und Bücher. Meine Güte. Ungern möchte ich zu den Alten gehören, die sagen, musikalisch ist die Sache für mich mit Beethoven gelaufen, ich will mich nie dabei hören, leise zu raunen: Ja, der Mann, der konnte noch schreiben. Aber. Wann immer ich Leseproben junger Autoren ansehe, wird mir ganz elend. Ich liebe Kunst. Der Zustand, wenn einen künstlerische Gedanken anderer erreichen, gleicht dem Verliebtsein. Eine Art Komplizenschaft mit einem noch lebenden oder toten Künstler festzustellen, ist berauschend, bewusstseinserweiternd, und es lässt einen die Endlichkeit kurz vergessen. Es ist mir so selten passiert – dieses Gefühl, sich durch die Gedanken eines Anderen in der Welt zu verorten. Gleichsam, murmle ich.

Bis das Wort, das nicht erlöste,
starb, von vieler Nacht schon schwer,

Das ist unglaublich gut. Tropfen für Tropfen bilden die Worte ein Meer aus Verzweiflung, das den Leser erfasst, in sich zieht und fortschwemmt.

Ich habe die deutschen Dichter immer geliebt, aber bislang eher die Klassiker des Kanons. Das Werk Huchels ist mir komplett entgangen. Diese verzweifelte Suche nach dem Ausdruck, etwas Unaussprechliches sichtbar machen zu können.

bis dein Leib, der sanft entblößte,
vor mir lag wie Mond im Meer.

Die Einsamkeit des Individuums in Anbetracht von etwas Un-
aussprechlichem – in diesem Werk stößt ein Wort die anderen
an, sie kippen, türmen sich auf zu einem Turm babylonischer
Uneinnehmbarkeit. Da ist die Antwort, nach der ich nicht gefragt habe. Versteckt der Hinweis eines toten Mannes an einen
noch lebenden. Verborgen unter einer geschliffenen Sprach-
metrik, aus dem absoluten Verstand um Versmaß und Rhythmus.

Wie unter Drogen richte ich mich, ziehe die Hose hoch,
werfe Lumis Pullover in den Müll, wasche mein Gesicht und
bin in einem außerordentlichen Zustand. Als ob ein Staudamm
bräche, rieselt das Wasser erst langsam, bricht dann an den
Seiten durch, steigt in mir – flutet mich. Ich weiß nicht, woher
all diese Wassermetaphern kommen. Doch …

Ich fühlte etwas, ähm, Großes. Den Beginn einer neuen
Zeitrechnung. Draußen hat es begonnen zu schneien.

Ein Jahr später ...
Chloe liegt schlaflos

Ich wache gegen drei Uhr auf, um ein wenig Ruhe vor Rasmus zu haben und um an etwas anderes zu denken als an das Theater. Aber es fällt mir nichts ein. Rasmus' Probleme haben jeden Millimeter unserer Hirne besetzt. Also denke ich jeden Morgen zwischen drei und vier in Ermanglung eigener Probleme über Rasmus' Scheitern nach, erforsche die Straße seines Erfolgs, untersuche sie auf die Abzweigung hin, in die er irgendwann falsch abbog und die in einer Sackgasse endete. Und uns hierhergeführt hat. In dieses Kaff am Ende der Zivilisation, in dem ich morgens nur an die Wand schauen kann in Ermangelung attraktiver Alternativen. Rasmus schnarcht leise, ich decke ihn zu, streiche ihm über die Wange. Mein armer gedemütigter Mann. Er tut mir so leid, in seinem Misserfolg, in seiner Unfähigkeit, einen Beruf als das zu sehen, was er ist: ein Zeitvertreib im Warten auf den Tod.

Von weit singt aus einem Radio France Gall. Die alten französischen Chansons erzeugen immer eine Sehnsucht nach Schwarz-Weiß, nach leeren Straßen im Morgengrauen, auf denen man an einen Menschen gepresst läuft, von dem man sich verabschiedet hat. Die Welt, so scheint es in diesen Chansons, besteht nur aus Liebe und ihrem Ende. Oder ihrer Unmöglichkeit. Liebe ist möglich, hatte ich in den Jahren mit Rasmus immer gedacht, denke ich noch, muss ich anfügen. Liebe ist möglich, wenn man sie von Raserei und Leiden trennt. Ich setze meine Lesebrille auf beim Denken dieses Satzes. Innerlich. Die Sonne ist noch nicht zu ahnen, und ich wünsche mir etwas, das ich nicht schon hundertmal erlebt habe.

Chloe denkt über Rasmus nach

Ich habe mich vor die Tür des Hotelzimmers gesetzt, die stickige Luft im Zimmer fliehend. Das Chanson ist verstummt. Irgendwo paaren sich Katzen. Und nun denke ich doch wieder über uns nach, das heißt, über Rasmus. Über Rasmus nachdenken heißt versuchen, den Grund seines Misserfolges zu finden. Immer wieder. Die wenigen Male, die ich mir, bevor ich Rasmus traf, Theateraufführungen angesehen hatte, waren Elend, in Stunden so hoffnungsloser Langeweile, wie sie mir an keinem anderen Ort begegnet war. Aber ich empfand einen großen, unklaren Respekt gegenüber der Kultur, mit Hall ausgesprochen. Ich war mit der Beschaffung von Geld beschäftigt, hörte Musik, sah Wände an und fühlte keine Veränderung in mir, seit ich sechzehn war. Als ich mit Mitte zwanzig Rasmus in einem Club traf, sprach er von Dialektik. Ich hatte das Wort noch nie benutzt. Natürlich war ich verzaubert. Als wir uns kennenlernten, an dieser Bar, damals vor fast zwanzig Jahren, hatte Rasmus gerade an einem nicht vollkommen unbedeutenden Stadttheater, wie er sagte, einen Brecht inszeniert, der ihn zum Star machte. Regisseur des Jahres, Titelseite auf den Theatermagazinen, Angebote von allen A-Bühnen. Rasmus inszenierte ungefähr fünf Stücke pro Jahr. Ich saß im Dunkel bei fast jeder seiner Proben und hatte in maßloser Selbstüberschätzung Angst, dass sich mir alle Blicke zuwenden wollten und man mich nach dem Grund meiner Anwesenheit fragen könnte. Heute weiß ich, dass mich keiner gesehen hat. Oder wenn, dass sie mich mit einer Kaffeemaschine verwechselten. Es war mir komplett unverständlich, was Rasmus auf den Proben tat.

Es hatte viel mit Gebrüll zu tun. Rasmus schrie. Die Schauspieler schrien. Im Stück waren die Frauen oft nackt. Es wurde zu Rockmusik gesungen, und dann waren auch die Männer nackt. Nacktheit war das Ding. Dann schrien alle nackt.

Vom Beginn fehlte in der Verliebtheit zu Rasmus jenes Moment, da man sich tödlich im anderen auflösen will, rasend vor Eifersucht auf seine Bettwäsche ist. Mit Rasmus legte ich Gewicht zu, meine Nervosität wich einer Ruhe, die ich von mir nicht kannte. Unsere Liebe hatte viel mit Diskussionen zu tun, mit Musik, Nikotin und intellektueller Grenzenlosigkeit. Wir zwei würden es nach oben bringen. Also Rasmus würde es nach oben schaffen, und ich würde an ihm kleben. Das dachte ich aber damals nicht, denn ich sah uns als Einheit. Ich war mir, wie wir alle, der Mittelpunkt der Welt und kam nicht auf die Idee, dass ich es im Leben zu nichts weiter bringen wollte, als durch meinen Mann zu leben.

Rasmus hatte immer geglaubt, dass es einen Vertrag mit einer höheren Macht gäbe, die seine Karriere lenken würde: erst die mittelgroßen Theater in mittelgroßen Städten, dann der Olymp. Der Broadway, die Carnegie Hall, ich hab nie so genau zugehört, aber es stand außer Frage, dass Rasmus bald zu jenen Starregisseuren gehören würde, die auf zehn Jahre ausgebucht waren, und dann folgte zwangsläufig die Intendanz eines renommierten Hauses, der Steuerbetrug, die Villa, der Tod an Leberzirrhose mit achtzig. Aber aus irgendwelchen Gründen war das alles nicht passiert.

Nach zehn Jahren an der Seite eines bedeutenden Regisseurs wurde ich die Frau eines Verkannten.

Vielleicht fehlten Rasmus ein paar Umdrehungen Genialität, oder er hätte intensiver Netzwerke knüpfen, mit Intendanten zum Golf gehen oder ihre Unterschlagungen verschleiern, irgendwas Gemeinsames aufbauen sollen.

Ich kenne jedes Detail von Rasmus' Abstieg und kann die einzelnen Missverständnisse und Fehler aufzeigen, die dazu führten, dass er irgendwann ein Jahr lang keinen Job mehr bekam. Aber wozu wäre das gut?

Mit der finanziellen Hilfe von Rasmus' Mutter – ich weigere mich, sie Lumi zu nennen, der Name klingt zu sehr nach reizendem Leuchtkäfer – und meinem albernen Einkommen überstanden wir seine Arbeitslosigkeit, in deren Verlauf Rasmus von depressiven Zuständen, die er im Bett verbrachte, zu manischen wechselte, in denen er tagelang Skizzen für kommende WERKE notierte und an die Wände pinnte wie ein Serienmörder. Er konzipierte in jener kritischen Zeit ein Holocauststück mit Puppen, er plante Heiner Müller mit Nackten und Schäferhunden. Dazu hörte er laut Wagner. Psychogramme und Wagner. Ein Deutscher wäre abtransportiert worden. Sagte Rasmus, der sich, seinen deutschen Vater vergessend, als Finne bezeichnete. Jude müsste man sein, sagte Rasmus. Jude oder schwul, dann käme man an, dann hätte man diesen Bonus, den wir Finnen nicht haben. Sagte Rasmus.

Ich hielt ihn bei Laune, ich hielt ihn am Leben. Aber ich konnte Rasmus nicht helfen. Irgendwann, nach zu langer Zeit, als dass sein Selbstbewusstsein keinen bleibenden Schaden genommen hätte, bekam er endlich wieder einen Auftrag. Von einem kleinen Dreispartenhaus, das er vor seiner Krise nie angenommen hätte. Er sprach begeistert von den Möglichkeiten, die man in der Provinz hatte, wo das Publikum noch nicht übersättigt war.

Das lag nun vier Jahre zurück, in denen sich Rasmus im unteren Mittelfeld der Regisseure eingerichtet hatte. Kindertheaterstücke, kleine Opernaufträge oder auch Tourneetheater, mitunter Boulevardkomödien. Rasmus hatte wieder zu tun, das war, worauf es ankam. Vor einem Jahr begann er Gedichte zu lesen und kam auf die Idee, in der Dritten Welt Bedeutendes leisten zu können. Rasmus leuchtete wieder. Er brannte. Und natürlich ging ich mit ihm. Scheißidee, sage ich heute.

Rasmus erwacht nachdenklich

Das Hotelzimmer, das mir jetzt schäbig vorkommt, hat mich in der ersten Woche begeistert. Seine Einfachheit, das hotelzimmergewordene strahlende Kinderauge der sozial Schwachen. Sozusagen.

Es wird alles hier enden. In diesem kleinen Zimmer mit Keramikplatten am Boden, dieses off-white mit grauem Schlierendesign, das sich ein Teufel erdacht hat, um klarzumachen: Hier, Mann, bist du in der Dritten Welt, die politisch korrekt heute eher Länder mit suboptimaler Einkommensstruktur genannt wird, und du hast es nicht ins Hilton geschafft.

Glasjalousien, die von Touristinnen vermutlich mit spitzen Rufen bedacht werden, die Authentizität bejubelnd. Durch die Ritzen kriechen Feuchtigkeit und Kakerlaken, der Fensterrahmen aus trostlosem, messingfarbenem Blech, ein Ventilator, seine Verankerung in der Decke prüfend, ein Bett, auf dem alles außer Liebe stattgefunden hat. Willkommen am Ende der Nahrungskette.

In diesen Stunden am Morgen, zwischen drei und vier, wenn ich nicht mehr schlafen kann und leise bin, damit Chloe nicht erwacht, habe ich das Gefühl, der Welt zu entgleiten. Meine Angst ist körperlich, die zusammengekrampften Zehen werde ich den gesamten Tag nicht öffnen können. Als Ausdruck meiner Schwäche werden sie jedem aus praktischen Sandalen zuraunen: Da kommt er, ein Verlierer.

Von irgendwoher höre ich ein altes französisches Chanson. *Un homme et une femme*, gesungen von Francis Lai, 1966. Furchtbarer Kitsch. Es sind vermutlich jetzt schon dreißig

Grad. Wie um gegen die Verzagtheit anzukämpfen, steht mein Schwanz. Jeden Morgen wehrt sich mein Drang zur Vermehrung gegen die nachlassende Kraft des Körpers. Es macht mich wütend, dass meine Geschlechtsorgane als einzige die Lage noch nicht begriffen haben. Falsch, Chloe hat auch nichts begriffen.

In manchen Momenten, meist wenn sie schläft, mit entspannten Gesichtszügen und so weiter, verachte ich sie fast dafür, dass sie mit mir zusammen ist. Ihr bienenfleißigen, grauen Frauen im Hintergrund, euch seien Denkmäler errichtet. Ihr duldsamen, selbstgerechten Wesen, die Leute wie wir immer verlassen, wenn auch nur zeitweise, um mit Studentinnen, die Claire heißen, durchzubrennen. Claire, 22, lange offene Haare, eine abgeschnittene Jeans, die ihre Schamlippen ein wenig freilegt, brauner Bauch, ein T-Shirt, das von ihren Brüsten wie ein Zelt gespannt wird, mein Eindringen in die trockene Chloe bietet genau den Widerstand, den ich mag. Meine Zehen sind immer noch verkrampft.

Chloe stellt sich tot

Rasmus' Angewohnheit, mich morgens zu küssen, könnte unter anderen Umständen rührend sein.

Ein Umstand wäre meine Abwesenheit.

Mein Widerwille ist kein Zeichen mangelnder Liebe, doch wünsche ich mir in der Stunde des Übergangs von Traum zu Tag nichts Organisches auf meinem Mund.

Ich will einfach morgens meine Ruhe, besonders wenn ich in hässlichen Hotelzimmern um drei erwache und gegen sieben wieder eingeschlafen bin. Ich bin morgens nicht sexuell, doch seit Jahren küsst mich Rasmus, ohne zu bemerken, dass ich den Kopf abwende, die Augen verdrehe oder meine Zunge aus dem Mund hänge, als sei ich gerade verendet. Rasmus küsst. Ich kann mir nicht vorstellen, dass es ein Zeichen seiner Zuneigung ist. Er folgt eher dem Impuls, der Hunde immer an die gleichen Bäume pinkeln lässt. Wenn er mich anfasst, ist es nicht seine Person, die mich stört, das müssen Sie mir glauben, Frau Doktorin, die Sie meine Frigidität auf einem gynäkologischen Stuhl in Anwesenheit von sechshundert Studierenden untersuchen. Morgens, nach erotischen Träumen, in denen es immer nur um Berührungen von Fremden geht, die mich nervös machen, weil ich im Traum dieses totale Absacken der Körpertemperatur spüre, diesen Schock, den etwas Außerordentliches herstellt, ein Luftloch im Flugzeug ist zum Beispiel so ein Ereignis – also nach solchen Gefühlen will ich keine Realität. Ich möchte den Traum lebendig erhalten, ich möchte langsam sein, Kaffee trinken. Ich möchte Rasmus auf die Wange küssen, mich an ihn drücken, mich freuen, dass er da ist, und ich möchte nicht von seinem Genital belästigt werden, das nichts mit dem zu tun hat, was mich mit ihm verbindet.

Rasmus beginnt meinen Nacken zu massieren. Das bedeutet: Er ist in sexueller Stimmung und wird, meine ausbleibende körperliche Reaktion ignorierend, sein Glied, dieses Körperteil, das Unruhe in unsere Liebe bringt, in mich stecken, ein kleiner Schmerz und der überwältigende Wunsch nach Kaffee. Ich erzeuge Geräusche, von denen ich annehme, dass sie erregend klingen und helfen, die Übung schnell zu beenden, die man Liebemachen nennt. Ich habe keine Ahnung, wie man das sonst nennen soll, was wir da in immer größer werdenden Abständen tun.

Warum wir es tun, verstehe ich. Es gehört dazu. Fragt man Alleinstehende, was sie von einem Partner erwarten, sagen sie: Leidenschaft und verrückten Sex. Damit meinen sie etwas Verwegenes. Mit Peitschen, auf Parkplätzen, im Flugzeug.

Das hat man uns, verdammt noch mal, erzählt, dass Paare Sex haben müssen, um sich ihrer Liebe zu versichern, denn sonst könnte man ja auch alleine leben, wenn man diesem biologischen Ruf der Geschlechtsorgane keine Folge leisten möchte. Die Realität des freundlichen Zusammenlebens wird belastet von Dauerkalauern über ältere schweigende Paare, Filme über Sex im Alter, Lieder über Menschen, die sich die Kleider vom Körper essen. Man kann dem Anspruch, den die Phantasie an den Geschlechtsverkehr stellt, nie gerecht werden.

Wir ahnen, dass wir ferngesteuert sind und unsere Gedanken manipuliert werden, um die Heiligkeit der Familie in ihrer unerschütterlichen, den Tod ignorierenden Kaufkraft zu erhalten; wir wissen das, machen uns darüber lustig und folgen ungeschriebenen Gesetzen, die klar gegen unsere körperlichen Bedürfnisse sprechen. Ich vermute, wir wollen nicht ficken; ich glaube, keiner, der zehn Jahre mit einem Menschen zusammen ist, will das, aber wir fügen uns, bewegen unsere Körper im Takt eines universellen Schlaggebers. WIR MÜSSEN DAS DING JETZT DURCHZIEHEN. Ein paar Minuten alle paar Wochen, im Urlaub öfter, die Ausnahmesituation lässt uns zu Kriegsversehrten werden, wir machen das jetzt, wir sind nicht zärtlich. Wir sind schnell, präzise, wir schweigen. Seltsam, haben wir doch nie über uns gelacht beim Sex. Oder miteinander. Oder überhaupt. Wir lachen sonst viel. Wir halten uns so fest und streicheln uns, wir beschützen uns, und warum nur, warum nur müssen wir ficken, als ob wir Fremde wären.

Chloe denkt über Sex nach, während sie Sex hat

Ich habe Rasmus so gern, dass ich manchmal weine, weil ich Angst um ihn habe. Um uns. Es kann so viel schiefgehen. In jeder Sekunde, da ich ihn nicht beschützen kann, und selbst in meiner Anwesenheit können Killerzellen seinen Körper aufsuchen. Ein Sandsack aus einem Flugzeug auf seinen Kopf fallen. Ein Stresskranker kann einen Herzschlag bekommen und sein Auto in Passanten steuern, von denen Rasmus einer ist.

Ich habe gelernt, dass sie sich vollkommen unberechenbar verhalten, diese liebevollen Gefühle, die einige Wochen anhalten, in denen ich Rasmus' Hand kaum aus meiner lasse, und am nächsten Tag habe ich ihn vergessen und er ist mir wie eine liebgewordene Pflanze. Nicht dass er mich störte, doch ich denke einfach nicht an ihn. Rasmus ist meine Familie, ich habe ihn noch nie angeschrien, war nie wirklich wütend auf ihn. Wenn mich Bekannte fragen, ob ich mir vorstellen kann, mich scheiden zu lassen, weiß ich nicht, wovon sie reden. Rasmus und ich. So wird das sein, bis wir zusammen sterben. Ich halte zu ihm, werde wütend, wenn er missachtet wird, er ist mein Zuhause, und ich bin glücklich, bis auf die Momente, in denen es um Sex geht. Das war noch nie unsere Stärke. Und es war mir egal. Die Beziehungen vor Rasmus handelten nur von Leidenschaft, und war sie zu Ende, trennte man sich. Unsere Liebe hat die Leidenschaft überdauert. Oder sie war nie da. Es ging immer um mehr. Um alles.

Ich habe mich daran gewöhnt, jeden Tag in der Badewanne oder unter der Dusche zu masturbieren. Manchmal, wenn ich ein wenig betrunken und allein bin, suche ich im Internet nach

Callboys. Und finde Seiten von dünnen Männern mit Goldketten. Manchmal schaue ich in Seitensprung-Foren Profile an. Die Vorstellung, mit einem dieser Männer in den sogenannten besten Jahren, eine Umschreibung für verschwommene Kontur und verabschiedetes Haar, Geschlechtsverkehr haben zu müssen, lässt mich verzweifeln. Ich stelle mir vor, wie sie an der Tür klingeln. Männer, die Herbert heißen und den Hosenstall schon geöffnet haben.

Wenn ich einen Mann treffen würde, mit dem ich Sex hätte, verliebte ich mich in ihn und würde Rasmus verraten. Außerdem gefallen sie mir nur jung. Bevor sie sich die Haare abschneiden, bevor ihre Gesichter aussehen wie gekochte Kalbsköpfe, bevor ihr Atem schlecht riecht und ihre Poren mit schwarzen Mitessern verstopft sind. Leider ist die irrsinnige Annahme, eine junge Person wäre an einer alten ohne Reichtum interessiert, nur Männern vorbehalten. Ab und zu, wenn ich betrunken bin, stelle ich mir ein Bordell für Frauen vor. Hinter einer Scheibe sitzen sie aufgereiht, junge Männer, alle Hautfarben, feminin, maskulin, sie können mich nicht sehen. Ich wähle einen aus. Gehe in ein Zimmer, es ist sauber und hat ein Fenster, der junge Mann wird hereingeführt, er trägt eine Maske, er kann mich nicht sehen. Ich kann ihn berühren überall, ihn mir einführen, er ist die perfekte Fickmaschine. Ab und zu, wenn ich betrunken bin, werde ich ein wenig unglücklich, dem Umstand geschuldet, dass ich meine sexuell aktivsten Jahre mit einem Dildo verbringe.

Lentz hilft Rasmus

Wäre mein Glied größer, würde es weniger albern aussehen.
Ich bin Finne, meine Haut ist weiß, die Haare auf meinem Körper sind nicht vorhanden, und der Schwanz steht etwas schief
gebogen, dünn und nach vorne spitz zulaufend an mir. Chloes
Hintern bewegt sich wellenförmig. Sie macht Geräusche, die
vorgetäuschte Lust bedeuten sollen. Sofort spüre ich, dass ich
weicher werde. Ich fliehe in die Poesie. Wie sagt Michael Lentz
so treffend:

> *wie du ganz knospe aus der knospe schlüpfst*
> *ganz edelauge veredelt mich dein blick*
> *ich treibe treibenden sinnes zurück*
> *grünes blatt du*
> *weißes blatt ich*
> *so füll mich an …*

Die Worte wachsen, füllen mich aus. Ich explodiere. Danke,
Lentz.

Unter der Dusche, ich wurde vom Personal darauf hinge-
wiesen, dass es sich um eine Regenwalddusche handelt, das
heißt, sie tröpfelt leise, werde ich traurig, wie meist nach dem
Geschlechtsverkehr. Der Sex, unsere Todeszone. Niemands-
land. Vermintes Gebiet. In dem aus einem süßen Bärenpaar
etwas ernsthaft Erwachsenes wird. Korrekte Handlungen mit
blöden Gesichtern. Verklemmtes Schweigen, alberne Organe
in falscher Beleuchtung. Wie soll das nur funktionieren, in einer fast eineiigen Beziehung. In der du die Stimmung des ande-

ren anhand seines Atems erkennst. Jeden Zustand des Körpers, jede Veränderung des Herzschlags, wie soll das gehen, sich lieben, sich kennen und sexuell die Sau rauslassen, verrückt werden vor Begierde. Als die ausblieb, drei Jahre nachdem wir uns kennenlernten, habe ich nachts im Bad gesessen und geweint. Weil ich glaubte, alles begänne nun von vorn: Trennung, die Suche nach einer neuen Partnerin, die mich hart macht und geil, all dieser Mist.

Ich habe mich damals gegen den Sex entschieden und für die Liebe. Sieg der Vernunft über die Begierde. Heute haben wir Sex, wenn ich morgens hart bin, weil die Blase auf meine Prostata drückt.

Chloe hat Kopfweh

Ich hatte früher nichts gegen Sex. Falls es rhetorisch korrekt ist, würde ich sagen, dass ich theoretisch gerne ficke. Aber nicht mit Rasmus. Weder sein Leib noch seine Art mich anzufassen haben mich begeistert. Sein Getaste an mir, sein Atem, seine Geräusche. Ich habe mich von der ersten Sekunde mit ihm wohlgefühlt, bin gerne neben ihm gelaufen und hatte keine Angst vor ihm. Aber erregt hat er mich nicht. Vermutlich schließt eine Behaglichkeit Ekstase aus.

Ich hatte einige Männer in meinem geschlechtsreifen Leben, und die Idee, die ich als Pubertierende von Sex hatte, hat sich bisher nur einmal eingelöst.

Ich habe den sexuell am besten zu mir passenden Partner mit siebzehn bei der Überfahrt von einer spanischen Insel zum Festland auf einem Boot getroffen. Ein junger Mann mit Overall und halblangen Haaren. Ich vermutete, er sei Schiffstechniker. Er war jedoch nur originell gekleidet.

Er hatte mich lange beobachtet. Und ich ihn. Besonders seine Arme, die braun waren und an denen er Silberzeug trug. Besonders seinen Reißverschluss, der bis zur Brust geöffnet war. Dunkle Haare auf ausgeprägten Brustmuskeln, braune Haut. Als die Nacht kam, leerte sich das Deck, nur wir blieben übrig. Wir sahen uns an, er nickte mir zu, stand auf, ich war enttäuscht, sah ihm nach, er drehte sich um, und ich folgte ihm. Er verschwand hinter einer Tür. Ich vermute, es war ein Maschinenraum, er war schwach beleuchtet und roch nach Öl. Dann stand er vor mir, eine Hand neben meinen Kopf genagelt, eine Position, die das Studium diverser Pornofilme verriet, das weiß ich heute, er öffnete seinen Reißverschluss und war nackt unter seinem Einteiler. Die Nacht roch nach Salz, der Mann war mir fremd. Er war weder brutal, noch erfüllte er irgendwelche Vergewaltigungsphantasien, die ich nie hatte. Es schien, als ob er einfach Frauen gernhatte oder sich in ihnen, und dass er völlig frei war von Scham, mochte auch geholfen haben.

Ich zog mit meinem Rucksack zu dem Mann, in eine kleine, stets dunkle Wohnung. So etwas macht man, wenn man jung ist und unendlich. Er, ich habe seinen Namen vergessen oder mir nie gemerkt, konnte außer Geschlechtsverkehr nichts. Was mich interessiert hätte. Und weil ich auch nichts konnte und nichts wollte, war unsere Beziehung von Anfang an befristet. Am Tag ging er Beschäftigungen nach, die vermutlich mit Rauschgift zu tun hatten, und ich saß an dem einzigen Fenster der Wohnung, trank Kaffee, sah in einen Hinterhof und fühlte mich verwegen. Am Abend aßen wir irgendetwas, danach fickten wir. Drei Wochen war ich besessen von ihm, Haare, Adern, Arme, Haut, Geruch, in der vierten befremdete mich seine Art zu essen. In der fünften verschwand ich.

Seitdem habe ich immer Angst vor diesem Moment, da man den anderen zu genau bei der Nahrungsaufnahme beobachtet. Nicht ertragen kann, wie er schluckt und kaut, wie der Speichel fließt, der Kehlkopf sich bewegt, wenn ich mir vorstelle, wie er den Nahrungsbrei zum Füllen diverser Löcher in der Wand verwendet. Wenn man den anderen nicht mehr liebevoll betrachten kann, ist die Sache gelaufen.

Der Spanier diente in den kommenden zwanzig Jahren zur Bebilderung meiner sexuellen Aktivitäten. In all den Momenten von Langeweile und Wut, in Selbstanklage und Scham, bei all der Verwirrung, die der Anblick von hängenden Eiern über meinem Gesicht hervorrief, bei all der hoffnungslosen Langeweile, die ich beim Geschlechtsverkehr empfand, rettete ich mich in Bilder aus der Zeit, in der ich glaubte, ich sei ein sexuelles Naturtalent. Kein Mann nach dem Spanier machte es richtig; sie fassten mich nicht an, oder falsch, oder feucht, oder folgten Ratgebern. Sie wurden nicht hart, sie kamen zu schnell, sie gaben mir das Gefühl, nicht zu genügen, manche wollten, dass ich zu einem Therapeuten ging, einige nannten mich frigide. Ich war froh, dass ich Sex durch eine Beziehung ersetzen konnte, in der ich weitgehend meine Ruhe vor all den demütigenden Erfahrungen habe, die zwei Körper miteinander machen können.

Rasmus denkt nach dem Sex über Kinder nach

Oft wünschte ich mir, wir hätten ein Kind. Geboren, als ich noch Hoffnung hatte, aufgewachsen in der Euphorie unserer ersten Jahre. Es könnte im Meer baden, das Kind, wir würden eine Nummer schieben und hätten danach ein großes Thema. Nicht mein Versagen, sondern: das Kind. Was macht unser Kind. Sollten wir jetzt nicht zu interessanten kulturellen Orten fahren. Und dann säßen wir in einem dieser unbequemen Transportmittel und würden Klöster und Tempel ansehen und das Kind unsere Vorstellung von untergegangenen Kulturen lehren. Wir würden ihm sagen: Schau nur, diese alten Ruinen, das war eine Hochkultur. So wie wir jetzt vor den Ruinen, werden in 200 Jahren glückliche Familien vor den Resten unserer Sichtbetonwohnung stehen. Das Kind würde eine rechte Panik bekommen und fragen: Warum werden wir denn untergegangen sein? Ich würde von Degeneration reden, von Gier, von Dummheit. Mich ausschließend. Das Kind würde Angst haben und jede Nacht bis zum Einsetzen der Pubertät unter seinem Bett schlafen.

Vor zehn Jahren glaubte ich noch daran, dass mein Durchbruch bevorstünde. Ich war verliebt in Chloe, mit der ich das Private geregelt sah, war selten zu Hause, was hätte ich mit einem Kind anfangen sollen. Heute fühlt Chloe sich zu alt. Ich ahne, dass sie lügt. Sie ist noch nicht in den Wechseljahren, das hätte ich gemerkt. Woran eigentlich?

Chloe wäre eine hervorragende Mutter. Sie hat Humor und ist keine dieser Frauen, die ihren Kindern mit schriller Stimme Vorträge halten, sie an den Armen reißen oder Sätze sagen wie:

Torben, ich möchte aber nicht, dass du jetzt mit dieser toten Taube spielst, das ist unhygienisch. Ich wäre kein Vater, den Torben später erschießen müsste, das Ganze als Jagdunfall getarnt, weil ich ihn, den sensiblen Jungen, mit sechs zum Entbeinen von Rotwild angehalten hätte. Ich wäre ein Kamerad. Ich würde seine Homosexualität begrüßen und offene, nicht wertende Gespräche mit ihm führen.

Chloe will kein Kind von mir. Vielleicht und vor allem, weil sie von mir enttäuscht ist. Vielleicht vor allem, weil sie mir die Ernährung einer Familie nicht zutraut. Unrecht hat sie damit nicht.

Chloe denkt an Rasmus' Mutter

Oft nach dem Sex denke ich unzusammenhängend an Rasmus' vollkommen befreite Mutter, die Finnland vor langer Zeit verlassen hat, aber in Ermanglung einer interessanten Krankheit wie ADHS oder Herpes auf ihrem Migrantinnenstatus besteht, der sie vor den restlichen sechs Milliarden auszeichnet. Mit leisem Lispeln und Folkloreblusen, die vermutlich kein Mensch in Finnland trägt, mit der Komplettedition von Kaurismäkis Filmen und dem verträumten Abhören finnischer Tangos zementiert sie ihr Geworfensein in eine fremde Welt. Auch Rasmus erklärt seine schlechten Angewohnheiten oft mit der Weite Lapplands; soweit ich weiß, liegt Helsinki nicht dort; wenn ich nachts eingeschlafen scheine, stellt er die Klimaanlage an. Auf die höchste Stufe. Dem mangelnden Kälteempfinden seiner Vorfahren geschuldet.

Rasmus hat sich geduscht, seinen weißen Körper, der in der Mitte bereits seine Altersstatur verrät, den Körper, mit dem er in einem Sarg liegen wird, was mich an schwachen Tagen zu Tränen rührt, mit Sonnenlotion eingecremt; seinen weißhäutigen Vorfahren zum Dank wird Rasmus nicht braun. Natürlich nicht. Er trägt seinen Strohhut, der in einer Großstadt noch als verspätetes Zitat der Jugendkultur gelesen werden kann; hier jedoch, in Kombination mit seiner sonstigen Erscheinung, wirkt er wie ein Tourist mit einem albernen Hut. Rasmus' Brille ist groß und hat einen schwarzen Rand, ich war erleichtert, dass er endlich eine leichte Korrektur benötigte und die Gläser nicht mehr aus Fensterglas bestanden. Eigenheiten, die ich bei anderen Menschen verachten würde, sind mir bei

Rasmus egal. Ich registriere sie, mache mich darüber lustig, aber es stört mich nichts. Glück, Chemie oder die Weisheit? Vielleicht kann man sich an jeden gewöhnen und ihn dafür lieben, dass er einen erträgt. Die Fremdheit überwinden und familiär werden, das ist die Weisheit, über die nur wir verfügen, denke ich oft, wenn ich die Trennungen in unserem Bekanntenkreis mit moralischer Überlegenheit verfolge. Wir haben den Lottogewinn, das Geheimnis, oder wir sind einfach klüger als die anderen.

Die kleine morgendliche Störung ist vergessen, wir werden diese Krise aussitzen. Noch ein paar Wochen, dann werden wir uns einen Grund für das Scheitern von Rasmus' Mission hier überlegt haben und nach Hause fahren. Dort könnten wir alles anders machen. Vielleicht studiere ich noch einmal. Mein Blick wird glasig. Oder wir machen zusammen einen Laden auf, der Kaffee läuft mir aus dem halboffenen Mund. Vor allem müssen wir Rasmus' Mutter aus unserem Leben entfernen. Und unbedingt müssen wir aus diesem traurigen Nest verschwinden. Ich habe das verdammte Gefühl, dass uns hier etwas Schreckliches passieren wird.

Rasmus betrachtet seine Frau

Chloe steht am sogenannten Frühstücksbüfett. Ein Holzpodest, Lichterketten, weiße Plastikstühle, auf einem Tisch mit Wachstuchdecke, darauf ein wenig Obst und Weißbrot und Marmelade. Alles überzogen mit einer feinen Schicht rotem Staub, der Boden, die Felsen, das Blut, ich habe keine Ahnung. Chloe ist die hübscheste Frau hier, wenn man vom Servicepersonal absieht. Ein fester Körper. Relativ fest, möchte ich einschränkend sagen, nicht schlecht für ihr Alter, möchte ich gönnerhaft anfügen. Schade, dass sie sich die Haare abgeschnitten hat. Weder mag ich diese Pagenfrisur, noch verstehe ich den Hang von Frauen über vierzig, sich die Haare dunkelrot zu färben. Als ob das die Wildheit, die sie nicht mehr spüren, auf ihren Köpfen zu neuem Leben erwecken könnte. Es hat zehn Minuten gedauert, bis mir damals klar wurde, was sich an Chloe verändert hatte, als sie vom Friseur kam. Ich sehe sie meistens nicht. Nicht bewusst. Sie ist da, ich habe sie lieb, ich halte ihre Hand, aber ihr Äußeres nehme ich nur wahr, wenn sie einen Alterungsschub hat. In unregelmäßigen Abständen bemerke ich weitgehende Veränderungen, die ich nicht klar definieren kann. Sie war jung, als sich sie traf, und nun ist sie eine Frau mittleren Alters, die gepflegt, aber keinen Tag jünger aussieht als – wie alt ist sie eigentlich? Fünfundvierzig? Wir haben auf meinen Wunsch hin aufgehört, unsere Geburtstage zu feiern. Manchmal scheint es mir, als ob über Nacht Dinge an ihr verschwinden, die mir lieb sind. Der Ausdruck ihrer Augen, die Grübchen in den Wangen, der feste Hintern, alles löst sich auf, und was dann neben mir im Bett liegt, ist jemand vollkommen

Neues, den ich zwar mag, aber an den ich mich erst wieder gewöhnen muss. Ich bringe die Frau neben mir nicht mit der Idee zusammen, die ich mal von Chloe hatte, als ich mich in sie verliebte. Mehr als jemals in meinem Leben. Chloe war für mich der Inbegriff des Fremden. Weich und trotzig, herrisch und klar in den Ansagen, launisch und unberechenbar, vollkommen antriebslos, was ihre Zukunft anging, und cholerisch, wenn die Erfüllung kurzfristiger Bedürfnisse in Frage gestellt wurde. Chloe war esoterisch und belesen, sie machte Kerzen an, und ich wollte sie so unbedingt, dass mir schlecht wurde bei der Idee, sie könne weg sein, verschwunden, mit einem anderen Mann. Diese Panik ist der ruhigen Gewissheit gewichen, dass Chloe bei mir sein wird, bis wir sterben. Wir werden diese Alten sein, die kurz nacheinander infolge eines stehengebliebenen Herzens sterben werden.

Chloe plant ihren Tag

Was steht heute an, frage ich Rasmus, und sein Zögern verrät, dass er keine Ahnung hat. Jetzt, nach sieben Wochen, vielleicht sind es auch mehr, hat Rasmus Behörden geschmiert, um die Genehmigung für den Umbau einer alten Werkstatt zu einer Bühne zu erhalten. Zementsäcke wurden geliefert, die Arbeiter erschienen nicht, und die Jugendlichen aus dem Ort haben die Texte deutscher Dichter immer noch nicht gelernt.

Die Proben sind stets von Dutzenden klatschender Familienangehöriger begleitet, die nur drauf warten, dass der Kulturteil zu Ende ist und Rasmus Bier ausgibt. Dann sitzen alle auf den Zementsäcken, besaufen sich und Rasmus ist ratlos. Die Texte, die er ins Englische übersetzt hat und von denen er glaubt, dass sie die Menschen hier berühren, liegen am Boden, und die Jugendlichen beginnen zu der Musik von Schubert Hip-Hop zu tanzen. Das könnte lustig sein. Aber nicht für Rasmus, der seine Vision verloren hat. Er war am Anfang so euphorisch, wie ich ihn lange nicht mehr erlebt hatte. Ich hatte geglaubt, ja was eigentlich? Ich konnte mir dieses Land hier nicht außerhalb von Fernsehstereotypen vorstellen. Lachende, strahlende junge Menschen, die jubelnd europäische Kulturgüter feiern. Ich weiß jetzt auch nicht weiter, in dieser Zementsackrealität, mit ein paar Besoffenen. Wenn die Texte lustlos gelernt sind, die Halle errichtet ist, was dann? Wer soll sich das anhören? Wie soll es weitergehen?

Das große Medienecho, das Rasmus sich erhofft hatte, ist ausgeblieben. Bis jetzt. Ein Fernsehsender aus unserer Stadt war hier, und die Journalistin einer überregionalen Wochen-

end-Online-Zeitung. Eine Frau mit sehr kurzem Pony, gerin-
gelten Strumpfhosen, Wildlederstiefeln um ihre zu strammen
Waden und leichtem Schweißgeruch. Der Artikel war auch
nicht besser. In beiden Berichten tauchte der Name Fitzcar-
raldo auf. Spenden waren eingegangen. Einheimische Kultur
als Heilsbringer gegen das Elend der Unterdrückung, die einst
von unseren Vorfahren ausgegangen war, das mag der Mensch
daheim.

Nächtelang hat Rasmus mir seine Visionen erklärt. Er redete
wieder wie früher; den Blick am Horizont fixiert, entwarf er
Konzepte, die außer ihm keiner verstehen konnte. Literatur
und Theater in diesen völlig unattraktiven Teil der Welt zu
bringen, sei seine Form des Nachlasses an die Welt. Er redete
von Verpflichtung, von Kunst, die Leben retten kann, und von
Bergtigern. Ich habe nicht gesagt, was ich wirklich denke.

Über die Tanztheater- und Opernprojekte, die Männer eines
gewissen Alters im Busch, in Afrika, in Asien, am Amazonas
verwirklichen. Und von denen man im Anschluss nie mehr
hört. Ich habe geschwiegen, bestätigt, ihm die Hand gehalten. Was interessiert mich die Dritte Welt, wenn mein Mann
eine Vision braucht. Ich konnte nicht mehr ertragen, wie Rasmus sich immer kleiner machte und mit Bitterkeit zu anderen Männern aufblickte. Ich weiß, dass die Menschen hier und
an anderen suboptimalen Orten keine Opernhäuser und Thea-
terbühnen brauchen, sondern Computer, Toiletten und einen
wunderbaren funktionierenden Kapitalismus, aber ich sagte:
Lass uns das machen. Ich kümmere mich um alles. Ich habe
Papiere, Impfausweise, Arbeitserlaubnis, Kulturaustauschför-
derung, Stiftungsgeld, all die bienenfleißigen Abwicklungstä-
tigkeiten erledigt, damit mein Mann später sagen kann: Ohne
die Hilfe meiner Frau hätte ich das alles nicht geschafft. Die
Journalisten würden mich kurz mustern, an meiner aubergine-

farbenen Frisur hängenbleiben, Hausfrau und Mutter denken und dann wieder Rasmus' Worten folgen.

Und nun sind wir hier, jetzt beginnt Rasmus' Traum. Besser gesagt, er hätte beginnen können, im Moment sieht es nach einer eindeutigen Traumstagnation aus. Keiner hier hat auf Rasmus gewartet, geschweige auf die Gedichte toter oder halbtoter Männer.

Ich gehe nicht mehr zu den Proben, denn ich werde aggressiv, wenn ich in die gelangweilten Gesichter der jungen Menschen sehe. Es macht mich verrückt, dass sie Rasmus nicht einen kleinen Triumph gönnen. Seine Niedergeschlagenheit lässt mich verzweifeln. Das einzige, was er jetzt braucht, ist ein Erfolg. Irgendeiner. Und den kann ich ihm nicht geben. Was auch immer Rasmus heute tut, es wird ohne mich geschehen. Ich werde am Strand liegen, wie die meisten Tage. Lesen und hoffen. Dass noch ein Wunder passiert. Er ins Hotel kommt, strahlend, und von einem Durchbruch berichtet. Aber zu erwarten ist das nicht.

Rasmus steht im Meer

Das Hotel sieht aus, als wäre es früher mal eine Irrenanstalt gewesen – die heute Therapieeinrichtung für Menschen mit Beeinträchtigung hieße. Es ist die einzige Touristenanlage in diesem Ort, und selbst da fragt man sich: Wozu? Die wenigen Fremden hier sind auf Durchreise zu einem bekannteren Bade- oder Kulturort. Selbst der kurze Aufenthalt schlägt ihnen auf den Magen. Chloe steht in einem weißen Leinenkleid am Büfett und inspiziert Wassermelonenstücke, als wäre sie beim Technischen Überwachungsverein tätig.

Die zehn Touristen scheinen uns von Einkommen und Alter zu gleichen, ich bin mir sicher, sie teilen unsere Weltanschauung: linksliberal, künstlerisch interessiert, impotent, zehn Jahre verheiratet, ein bis zwei Kinder, Eigentumswohnung, amerika- und israelkritisch, antikapitalistische Doppelverdiener. Keiner kann sich mehr eine Hausfrau leisten. Das wäre absolut unangebracht, eine nicht arbeitende Frau zu haben. Hausmann geht klar. Denn größeren Respekt der politisch korrekten ehemaligen Bildungsbürger, die nun einfach nur die Nichtreichen sind, die neue Unterschicht, als mit einer Frau im Vorstand eines Konzerns erfährt man nur mit einem gleichgeschlechtlichen Partner. Gerne auch schwarz. Gerne auch behindert. Was heute beeinträchtigt heißt. Leckt mich alle am Arsch.

Chloe befindet sich mit ihrer Anlerntätigkeit in einer Grauzone der Akzeptanz. Die Tätigkeit mit Büchern bringt aber Zusatzpunkte, und ihr Äußeres entspricht allen in unserer Klasse akzeptierten Standards. Hübsch, geschmackvoll, weder blond noch anorektisch, ein Körper, dem man die ernsthaften Bemühungen ansieht, sich gegen den Verfall zu stemmen. Die Frauen kurz vor den Wechseljahren oder danach haben ihre Taillen aufgegeben und bekommen diese geschlechtsneutralen Käferkörper. Die Männer, die gerade in eleganten Bermudashorts gesunde Früchte auf ihre Frühstücksteller schaufeln und ihren Kindern Anweisungen für den korrekten Umgang mit dem Personal geben, könnten mit ihren kleinen Bäuchen, mit den fliehenden Kinnen und den roten Adern an den Innenseiten ihrer Füße die Freunde sein, die ich nie hatte. Ich würde mit ihnen segeln gehn und Zigarren rauchen. Sie würden wissen, was ich meine, wenn ich von meiner Arbeit spräche, sie wären kanonsicher. Die Frauen, ach ja, vielleicht würde ich mit der einen oder anderen eine Affäre beginnen, vermutlich aber nicht, sie ähneln Chloe zu sehr, in der passiv-aggressiven Art, mit der sie sich für die Trägheit bestrafen, die sie niemals nach einem eigenen Interesse hat suchen lassen. Alle sind natürlich Feministinnen, wenn das bedeutet, Thesen wiederzugeben, ohne sie verinnerlicht zu haben. Wenn es bedeutet, ein Kind zu bekommen, eine Auszeit zu nehmen, zu sagen, dass es keine Krippenplätze gibt, der Staat von Männern geleitet wird und es finanziell unmöglich ist. Und so weiter. Hoppla, ich spucke.

Nach dem Frühstück stehe ich im Meer, mit hochgeschobenen Hosenbeinen, und blicke zum Horizont wie ein sinnierender Mensch. Bildunterschrift: Die Gezeiten waren immer Teil seines Seins.

Alternative Bildunterschrift: Ein durchaus noch attraktiver Mann, der in seinem Leben nicht mehr erreichen kann als das, was er jetzt hat, in einem fremdländischen Meer, gedankenverloren.

Doch es kommt mir nichts. Alles, was mir einfällt, wurde schon von anderen gedacht.

Ich habe die Hände in die Hüften gestemmt, es könnte mich

einer beim Stehen beobachten, und ich denke wie so oft daran, wie albern wir sind, in unseren Gesten, unseren Reden, mit unserer erlesenen Kleidung, wie schnell wir ein Bein verlieren, das Leben oder uns einnässen, wenn uns eines mit einer Waffe bedroht. Gerade noch in legerer Reisekleidung in der Tourist/ Comfort-Klasse gesessen, und schon liegt man tot und halbnackt abgestürzt auf einem Kornfeld, und den Eingeborenen, die Leiche betrachtend, fällt immer nur eins ein: Schade um die schönen Kornkreise. Würden wir Menschen uns artgerecht verhalten, wir müssten zitternd vor Angst, um unser Ende wissend, am Boden kriechen.

Apropos: Ständig steht man hier auf Knochen, oder irgendwas, das aussieht wie Knochen. Sandflöhe zerbeißen einem das Gesäß, das Wasser ist an manchen Tagen voller Abfälle aus dem offenen Schlachthof, aber wenn man die Augen zukneift, geht es. Dann kann man sich einbilden, dass es irgendein reizendes Meer ist. Wenn man nicht atmet.

Vom Strand abgesehen besteht der Ort aus Gassen mit halb eingefallenen Lehmhäusern, einem Marktplatz und einigen Gebetsstätten.

Kurzum: Noch nicht einmal dieser wirklich hässliche Ort will sich von mir retten lassen.

Chloe am Meer

Bist du hier, wenn ich wiederkomme. Fragt Rasmus, seine Hosenbeine hochgekrempelt, weiße Schienbeine, verbranntes Gesicht, den Vorfahren geschuldet. Ich ziehe ihm seinen Hut in die Stirn. Männer denken nicht daran, dass sie schnell einen Sonnenstich bekommen, einen Hitzschlag oder einen Wundbrand. Männer denken, dass sie unverwundbar sind. Darum fliegen sie auch zum Mond. Oder hängen sich an einem Finger an ein Zentralmassiv.

Natürlich bin ich hier. Sage ich.

Ich bin immer da.

Wir haben den Grad an Symbiose erreicht, wo man sich verloren fühlt, wenn der andere nicht da ist. Zieht es kalt.

Als ich jung war, habe ich noch Meinungen gehabt, sie waren Überschriften und hießen *Die Freiheit des Willens*, *Das Loblied der Unabhängigkeit*, *Wechselnde Partner*, und nie wollte ich mit einem Freund zusammenwohnen. Ich muss mir heute recht geben, aber anfügen: Die Alternative ist, allein mit der ständigen Anwesenheit des Todes umzugehen. Ich misstraue Meinungen. Sie sind mir zu manipulierbar und zu flüchtig, sie sind Gas, sie sind Religion der noch Dümmeren. Und eine Leuchte bin ich nicht. Das merke ich, wenn ich Artikel über zwanzigjährige Raumfahrtprogrammiererinnen und Mädchen lese, die Forschungsstipendien der Harvard-Universität aus Zeitmangel ablehnen. Es macht mich verlegen, dass aus mir nichts Intelligentes geworden ist, dass ich ein wenig über dem Mittelmaß liege, also dass ich imstande bin, aufrecht zu gehen. Mehr liegt nicht drin.

Rasmus schreitet zur Weltrettung.

Fast so energisch wie früher, ein wenig o-beinig. Er hat seinen Hut abgesetzt, der Wind weht seine halblangen Haare, die er am Morgen sorgfältig über die sich lichtenden Stellen gelegt hat, senkrecht. Es muss schrecklich für ihn sein, die Haare zu verlieren, denn er ist einer der vielen Menschen, die für das Alter nicht konzipiert worden sind. In der Jugend strahlend, in sauberer Verwegenheit, ist heute nicht mehr viel davon übrig. Rasmus' Veränderung fällt mir nur selten auf, denn ich habe ihn in irgendeinem unklaren Alter Mitte dreißig gespeichert, und wenn ich ihn heute ansehe, ist mir, als sei er unscharf geworden.

Seit Wochen sitze ich, wenn ich Rasmus nicht begleite, am Meer. Hier werde ich nicht angesprochen, nicht belästigt, ich lasse mir Obst bringen, das aussieht wie Tiere, ich denke an zu Hause, wo es Winter ist. Die durchreisenden Touristen werden nach einem oder zwei Tagen verschwunden sein, sich schwörend, dass sie nie wieder an diesen Ort zurückkehren, der in der Erinnerung noch mehr zu einem großen verfaulten Schrottplatz werden wird. Wir sind Mobiliar geworden. Das Servicepersonal hält uns für verrückt. Das erkenne ich unterdessen, da ich lerne, ihre Gesichter zu verstehen. Oder was ich mir unter *ihre Gesichter verstehen* vorstelle.

Am Strand stehen Palmen, Hängematten sind zwischen ihnen gespannt, Dunst liegt in der Luft, und weit entfernt baden Einheimische mit ihren T-Shirts, auf denen westliche Softgetränke beworben werden. Ein halbnackter, durch die helle Beleuchtung aus zu steilem Winkel wie aufgeblasen wirkender Tourist liegt am Wasser, umgeben von gelben Blättern oder Käfern. Einheimische Kellner betrachten den Mann mit einem Ausdruck, den ich von Gaffern kenne, die zermalmte Hunde auf Autobahnen betrachten.

Ich habe immer meine Unfähigkeit bedauert, Romantik dort wahrzunehmen, wo sie allgemein vermutet wird. Ich finde Rosen unattraktiv, und die Idee, mit Rasmus in einer Badewanne zu sitzen, sich bei überlaufendem, kalt werdendem Wasser zu begatten, sich die Rippen dabei zu stoßen, abzurutschen, mit dem Gesicht unter Wasser zu geraten, erschien mir schon immer bizarr. Ich mag Orte wie diesen, er ist real. Ein veritabler Scheißort. Die Palmen bewegen sich nicht, vermutlich sind sie aus Beton, das Meer ist matt. Erst in der Nacht, die noch Stunden entfernt wartet, wird es wieder so aussehen, wie sich der Europäer die Tropen vorstellt. Schatten duftender Pflanzen, die sich vielleicht von Menschen ernähren, Naturgeräusche, Fackeln, Klangschalen, Räucherstäbchen, das große exotische Reizüberflutungsprogramm. Dafür haben sie gezahlt, darum saßen sie elf Stunden in einem Flugzeug, sind die ersten Tage vertrottelt über Sandwege getaumelt und haben in eine Umgebung geglotzt, die keinerlei Mitteilung machte. Sie wollten malerische Fischerdörfer sehen und sind in einer Hölle gelandet, durch die Einheimische mit Mopeds fahren, schlechtgekleidete Touristen beobachtend, die darauf hofften, Tiere zu betrachten. Ich habe noch kein einziges verdammtes Tier gesehen, zwischen all den Baustellen, die unvollendet vor sich hin gammeln.

Rasmus bringt das Licht

Wie soll ich hier ein Theater errichten? Die Idioten haben nicht einmal die Texte gelernt. Keinen einzigen. Über Wochen. Die Worte fließen durch ihre Hirne ohne jeden Widerstand. Sie wissen weder, was die Gedichte bedeuten, noch, wozu sie überhaupt geschrieben wurden. Sie wissen nichts von Europa im Winter, von Depression, von ADHS. Wie soll ich so arbeiten? Wie soll ich, ohne irgendeine Gemeinsamkeit in Biographie und Sozialisation, einen Ansatz zum gegenseitigen Verstehen finden? Wie soll ich hier zu einer aufrichtigen Menschlichkeit finden, inmitten dieser Hohlköpfe? Ich betrachte die Gruppe Jugendlicher glasig. Ihre Gesichter verschwimmen zu einem großen Fleck aus Ignoranz. Ich hatte mir das wirklich anders vorgestellt: Das ist ein vorzüglicher Satz, der voraussetzt, dass sich die Welt der Vorstellung zu fügen habe, aber ich dachte, man freut sich hier, an diesem stinkenden Ende der Welt, über etwas Kultur, die hilft, das Leben aus einer anderen Perspektive zu sehen. Diese unerträgliche Hässlichkeit sozusagen metaphorisch aufzuladen. Aber das interessiert hier keinen. Die meisten, ich korrigiere: alle sind nur bei den Proben, weil sie dadurch nicht in die Schule müssen oder ihren Eltern nicht im Schlachthaus helfen. Sie starren mich aggressiv an und scheinen zu denken: Los, Alter, komm zum Punkt und rück das Bier raus. In den ersten Tagen habe ich versucht, mit den jungen Leuten ins Gespräch zu kommen. Ihre persönlichen Umstände zu verstehen und so weiter, was man eben so macht, als einfühlender Sozialdemokrat. Guten Tag, habe ich gesagt. Ich komme aus Deutschland, hat jemand schon einmal davon gehört?

Ein junger Mann machte träge einen Hitlergruß. Ja, genau, sagte ich. Hitler und Krupp, Volkslieder und Heine. Wann gibt es das Bier, fragte ein anderer. Ich ließ mich nicht beirren und sprach weiter. Ich würde sehr gerne etwas von euch erfahren. Schweigen. Eure Lebensumstände kennenlernen. Ruhe. Vielleicht eure Familien besuchen. Abendessen oder so etwas.

Es entspann sich keine rege Diskussion, und auf die Einladung herzensguter Einheimischer, die mich und Chloe mit exotischen Spezialitäten verwöhnen, uns quasi zum Teil der Familie machen, warte ich noch immer. Ich war zufällig einmal bei einem der Mädchen zu Hause, ich hatte sie auf der Straße weinend angetroffen. Ich begleitete sie in eine dieser gelben Hütten, in der sie mit sieben alkoholsüchtigen Familienmitgliedern wohnt. Nach feindseligem Schweigen der Eingeborenen verabschiedete ich mich zügig wieder und bin sicher, dass das Mädchen danach stark verprügelt wurde.

Ich weiß jetzt, dass sie mich von Anfang an verachtet haben. Die Jugendlichen. Einige erzählten mir Geschichten von Tieren, mit denen sie zusammen im Bett schlafen, ein Mädchen berichtete mir, das sie jede Nacht vergewaltigt wird, und weinte dabei. Später sah ich sie feixend in einer Gruppe von Freundinnen stehen und auf mich zeigen. Wenn sie sich unbeobachtet wähnen, verdrehen sie die Augen und stecken sich angedeutet die Finger in den Hals. Wenn ich Gedichte vortrage und mit ihnen über den Winter in Europa spreche. Wenn ich versuche, ihnen klarzumachen, dass wir im Kern alle gleich sind und ähnlich am Leben leiden. Wir in Europa in unseren Wohnungen, die der Bank gehören, mit unserer Angst vor der Entmannung durch die Tigerstaaten, im Angesicht eines neuen kalten Krieges, und vor dem Terror, der in ihrem Land seinen Ursprung hat. Unter anderem. Dabei errege ich mich mitunter und spucke beim Sprechen. Und sehe in leere Augen. Ich habe das Gefühl, keiner hier interessiert sich für Europa, und alles, was sie von uns wollen, sind iPods. Und die sind aus dem verdammten Amerika.

Ich schleppe mich jeden Tag hierher, außer an den Wochenenden. An denen ich anfangs mit Chloe Ausflüge unternahm, um das Land zu begreifen. Was wir begriffen haben, war ernüchternd. Hier geht es nicht um Kunst, sondern um Alkohol. Wir haben die Ausflüge dann eingestellt und liegen nun an den Wochenenden am Strand, wo es immer wieder tote Tiere aus der Schlachterei anschwemmt. Ich warte auf den Moment, da ich den Mut habe, Chloe zu sagen, dass es keinen Zweck hat. Dass wir aufgeben sollten. Ich fürchte mich davor, denn sie hat Angst, dass ich verzweifle. Mich erschieße oder verrückt werde, weil schon wieder etwas misslungen ist. Dabei will ich einfach nur nach Hause, mich wieder dem Kindertheater widmen, Fußball schauen und meine Ruhe haben.

Chloe betrachtet den Banker

In angemessener Entfernung neben mir legt der Mann, den ich den Banker nenne, seinen Hut und eine Zeitung auf die Liege, wie jeden Tag in den vergangenen zwei Wochen. Er bewegt sich so langsam, als wäre er ein Kabuki-Darsteller, und wirkt unglücklich in einer Art, die mich, die ich auch nicht gerade platze vor guter Laune, unruhig macht. Es scheint, als habe er jeden Kontakt zur Erde verloren und treibe haltlos durch den Raum. Etwas absolut Untröstliches umgibt den Mann, der ein scharfgeschnittenes Gesicht hat und sich nie auszieht. Er liegt in einem hellen Anzug auf einer dieser abgewetzten Pritschen und betrachtet das Meer.

Ich betrachte das Meer. Es sagt mir nichts. Dieses Meergeglotze. Was soll denn da bitte eintreten? Demut? Erkenntnisse? Bitte schön. Die Erkenntnis in Anbetracht der Naturgewalt ist, dass ich es zu nichts weiter gebracht habe als zur Gattin eines Mannes, der gerade eine Lebenskrise hat. Theoretisch hätte ich immer gerne etwas gewollt. Revolutionen anführen oder transhumanistische Versuche oder eine große Kunst. Praktisch gab es aber immer ein interessantes Buch, das ich erst noch zu Ende lesen wollte. Ich habe mir nie etwas Außerordentliches zugetraut. Sicher mit Recht. Meine Gedanken stehen am nächsten Morgen in der Zeitung, so banal sind sie. Mein Kunstgeschmack ist so durchschnittlich, dass ich verstehe, warum amerikanische Fernsehserien erfolgreich sind und warum Nick Hornby ein gefeierter Autor war. Ich langweile mich bei Lynch-Filmen und habe noch nie zu atonaler Musik getanzt. Wenn ich Menschen beobachte, fallen mir keine amüsanten Geschichten ein, und wenn ich alleine bin, langweile ich mich. Ich lerne keine aussterbende Sprache, ich lese keine Bücher im Original. Fremder Menschen Gedanken machen mich nervös. Um irgendetwas zu tun, was über das Starren hinausgeht, habe ich begonnen, die Grundlagen des Börsenhandels zu lernen. Es ist leichter, als ich annahm. Und es macht mehr Spaß als das meiste, was mich sonst beschäftigt. Ich habe ein Konto bei einer Bank in Amerika eingerichtet und übe mit sehr kleinen Beträgen. Apropos.

Der Banker schaut mich an. Ich lächle. Es ist Mittag. Die Zeit, in der man vom Strand verschwinden muss und es nur im Inneren der Räume erträgt.

Rasmus betrachtet die Jugend

Ein junger Mann, vermutlich wird er bald in den Reihen der sogenannten Al Kaida verschwinden, spricht Goethes Worte so unendlich falsch, dass ich eine Gänsehaut bekomme:

> *Die Welt ist ein Sardellensalat;*
> *er schmeckt uns früh, er schmeckt uns spat.*
> *Zitronenscheiben ringsumher,*
> *dann Fischlein, Würstlein, und was noch mehr*
> *in Essig und Öl zusammergerinnt,*
> *Kapern, so künftige Blumen sind –*
> *man schluckt sie zusammen wie ein Gesind.*

Ein phantastischer Vers. Kapern, aus den prächtigsten Blüten geboren, das Panta rhei, von Blüte über Verdauung zu neuem Leben. In einem kleinen Nebensatz gelingt es dem Genie mit Heiterkeit, die Sterblichkeit zu überwinden. Die Stufe der Erkenntnis, auf der ich noch nicht stehe, ich. Die hier Anwesenden haben nichts verstanden. Immer das letzte Wort des Satzes betonend, mit leerem Blick leiert der junge Mann die Zeilen, als läse er einen Wirtschaftsbericht vor.

Was wird denn hier verhandelt, na. Frage ich, und alle schweigen. Essen, sagt eine junge Frau, die sich, dem Gewicht ihrer Brüste geschuldet, eigentlich nur auf allen vieren bewegen dürfte. Ja, Essen, vordergründig geht es ums Essen, gleichzeitig ist das Gedicht Goethens aber auch eine Metapher für? Na?

Essen. Sagt der große Busen. Und ich muss mich setzen.

Ungefähr dreißig junge Leute starren mich an. Sie versuchen nicht einmal ihre Langeweile zu verbergen. Sie betrachten mich, stoßen sich kichernd in die Flanken, ihr Desinteresse lässt sich mit einem Brotmesser schneiden. Es gibt keine Fenster in unserem Probenraum, durch das meine Seele ins Freie fliegen könnte. Es gibt nur Staub und die Zementsäcke, die mich auslachend am Boden liegen. Da sind wir, Zeugen deines Untergangs. Ein Kulturdorf hätte der umgebauten Werkstatt folgen sollen. Ein Zentrum für die Region, Gastspiele, organische Cafés, Gedichtbände, von den Jugendlichen aufmerksam gedruckt und gestaltet. Los, machen wir ein Ballspiel. Sage ich, und werfe den Ball in die Menge. Das funktioniert. Da schreien, kreischen, lachen sie wie kleine Hunde. Den Trick mit den körperlichen Übungen habe ich zu Hause immer vor den Proben angewandt. Es lockert, und es stärkt das Gruppengefühl. Nur hier funktioniert es nicht. Sie wollen nicht mehr aufhören zu spielen, und meine Schreie werden erst nach Minuten widerwillig gehört. Ich treffe den Blick eines jungen Mannes. Er würde mich gerne auf einen Spieß stecken und rösten. Oder ein wenig schießen gehen, um endlich mal respektiert zu werden. Aber nein, jetzt müssen sie in Kultur machen, weil es danach Bier gibt. Die Frauen, es sind nicht viele, sind nicht wesentlich intelligenter, aber geringfügig begeisterter bei der Sache. Es ist immer leichter, mit Frauen zu arbeiten. Man kann ihnen schneller Angst machen, ein minimales Erheben der Stimme, schon setzt ihre Ehrfurcht vor Aggression ein, vor dem Kräftemessen mit einem Mann, dem sie körperlich meist unterlegen sein werden. Schüchtert man eine Frau zu stark ein, verliert man ihre Aufmerksamkeit und sie erstarrt in Panik. Die genau richtige Dosierung aus Lob und Tadel ist gefragt. Mit Männern ist es schwieriger. Schauspielerei ist einer der unmännlichsten Berufe, die es gibt. Darum trinken die meisten, die ich kenne. Um zu vergessen, dass sie es zu nichts weiter gebracht haben, als die Gedanken anderer Männer aufzusagen. Einige in der Gruppe sind noch jung. Vielleicht dreizehn. Sie alle warten auf die Dunkelheit, um sich im Schutz der Bauruinen zu paaren. Außer Sex und Alkohol gibt es in diesem Ort nicht viel, was die Menschen träumen lässt. Wenn es im Schlachthaus nichts zu tun gibt, dann fischen sie trübe im leeren Meer oder rauben diejenigen aus, die Arbeit im Schlachthof haben. Es gibt eine Schule, zwei Restaurants, einen Markt, einen Friseursalon und besagtes Schlachthaus im Freien, das dem Ort seinen unverwechselbaren Geruch und die Fliegenplage beschert. Die ersten zwei Wochen war ich täglich dort. Blut und Tod, der unsentimentale Umgang mit der Kreatur, haben mich zu euphorischen Ideen bewegt, die ich aufgeregt in ein Notizbuch geschrieben habe. Ich war mir sicher, das Rätsel des Lebens gelöst zu haben. Wenn ich jetzt in mein Notizbuch schaue, stehen da Sätze wie: Irgendwann ist alles vorbei.

Die Aufregung. Hat sich abgenutzt, wie alle Gefühle, ich hatte jedes schon einmal. Es wird kein neues dazukommen. Das ist das Grauen der mittleren Jahre. Die Langeweile und die noch allzu nahe Erinnerung an Zeiten, in denen alles zum ersten Mal passierte.

Ich hatte eine genaue Vorstellung von dem, was ich erreichen wollte. Einen modernen Kanon deutscher Poesie, einheimische Musik, die die Schwere der deutschen Sprache konterkarieren würde. Rhythmischer Ausdruck, stampfende Körper, gebrüllte Emotionen. Das, was wir nie zu geben vermögen: ungebremste Leidenschaft im Vortrag, ungefilterter Zugang zu wahren Gefühlen, die sich in unserer Sprache hinter der Syntax verbergen wie Pilze im Wald. Sozusagen. Die Kombination von Geist und Körper. Gastspiele im In- und Ausland. Die Poesie aus dem Kontext des deutschen Bildungsbürgertums hier auf die staubigen Straßen gebracht, würde ihre Zeitlosigkeit unter

Beweis stellen, ihre universale Gültigkeit. Können wir jetzt trinken, fragt ein junger Mann. Und ich stimme zu, mit einem Seufzen der Trauer.

Chloe ruht sich erneut aus

Wie jeden Mittag bin ich, der Hitze ausweichend, im Zimmer. Wie jeden Mittag aufgeladen von zu viel Sonne, sehe ich im Computer meinen Massagefilm. Ohne Ton. Eine Frau, deren Gesäß exzellent ausgeleuchtet ist, wird von einem Mann in weißer Sportkleidung massiert, falls man das Kneten eines öligen Arsches so nennen kann. Von da aus rutscht ihm wie aus Versehen ein Finger in sie, er reibt sie, leckt sie und dringt dann in sie ein. Der Beweis für meine serielle Monogamie: Ich sehe immer denselben Film. Ich gehe ins Bad, schließe meiner Prüderie folgend die Tür ab und reibe einige Sekunden meine Klitoris. Einige Sekunden lang, verdammter Mist, denke ich, da gehört doch wirklich nichts dazu, so ein bisschen Bewegung, und schon wäre ich zufrieden und müsste nicht dauernd diesen Film schauen und dann alleine im Bad an einer Wand lehnen. Die Wut ist so verlässlich wie der Orgasmus, ich bin wütend auf Rasmus, der sich nie die Mühe gemacht hat, irgendetwas über die Funktion meiner Geschlechtsteile herauszufinden. Am Anfang habe ich ihm gezeigt, wie es geht. Wie es immer schnell und zuverlässig geht. Was ist an: Hier konzentriert reiben, auch falsch zu verstehen? Das unbeholfene Betasten hat mich so traurig gemacht, so hilflos, weil ich wusste, dass wir immer zusammenbleiben würden und das für mich hieß: Ich werde nie mehr einen Orgasmus bekommen, den ich nicht selber erzeuge. Ich werde mich immer ein wenig langweilen, weil Sex ohne Orgasmus nur in Zeiten absoluter hormoneller Verwirrtheit zu ertragen ist.

Als ich fast fertig bin, merke ich, dass der Banker mich

durch das Badezimmerfenster ansieht. Sein Blick hat nichts, was ein Erschrecken rechtfertigen würde. Er betrachtet mich wie einen Sonnenuntergang. Irgendwas Schönes, ein Naturereignis. Seine Traurigkeit hat er nicht verloren. Ich nicke. Er tritt ein.

Rasmus und Hemingway

Wie jeden Tag nach der sogenannten Probe sitze ich in einer Bar, die Männer wie ich, die Hüte tragen, für etwas Verwegenes halten. Hemingway-Bars. Kein Tourist hier, keine Frauen, nur ein schweigsamer Einheimischer, der anderen schweigsamen Einheimischen Alkohol nachfüllt. Es ist ermüdend, Gesichter nicht lesen zu können. Man könnte sich genauso gut in einem Rudel Fische aufhalten, es wäre ähnlich uninspirierend. Ich bin davon ausgegangen, dass es uns allen um dasselbe geht. Aber leider habe ich vergessen zu definieren, was das ist. Dasselbe. Die Beleidigung der Ignoranz durch das Leben, das Männern wie mir, Intellektuellen im mittleren Alter, widerfährt, macht Unbeschreibliches mit uns. Viele werden zu Rechtsradikalen, in ihrem grenzenlosen Hass auf die veränderte Welt, in der sie nichts mehr bedeuten. In der jeder dusslige IT-Heini, der abends Rollenspiele im Netz macht, wichtiger ist als ein Lehrer, ein Regisseur, ein Arzt. Wir sind doch die wirklichen Verlierer, wir sind die neuen Nazis. Wir hassen die Frauen, die Schwulen, die Ausländer, weil wir nichts mehr wert sind, keine Zukunft haben und nichts zum Ficken bekommen. Prost. Wäre ich Darsteller in einem Film, käme in diesem Moment die Gastfreundschaft der einfachen herzensguten Eingeborenen ins Spiel. Warum bist du hier, gerade hier an diesem unsäglichen Ort, würde mich der Barmann fragen.

Ich bin hier, weil der Ort am Meer liegt, Religionen kein Thema sind, weil hier Englisch gesprochen wird und weil ich mit Anfang zwanzig durch diesen Kontinent getrampt bin, vom Theater träumte, einen Band mit Wondratschek-Gedichten bei mir trug, der mein Frauenbild damals massiv beeinflusst hat. Ich war Regieassistent und hatte ein wenig Geld, ich verkehrte ausschließlich mit Frauen, die sich prostituierten, es schienen mir die wahrhaftesten Frauen zu sein. Prostituierte und Schauspielerinnen, Handke geschuldet. Genau hier, in dieser Bar, hatte ich eine kennengelernt, mit der ich danach vier Tage zusammen war. Beim Gedanken an die Prostituierte ohne Namen, die mir lange Zeit als Verkörperung dessen schien, was Frauen für mich bedeuteten: Wärme, Sex und Humor, vermisse ich Chloe schmerzhaft, im wörtlichen Sinn, es zieht mir den Brustkorb zusammen, und ich möchte sofort bei ihr sein. Neben ihr liegen, ihre Vertrautheit atmen. Mir ein Gefühl der Unverwundbarkeit geben, das vermag Chloe wie kein anderer Mensch. Ich vertage meinen Termin beim Bürgermeister, wo wir über die Toiletten in meinem Theater reden wollten, und renne fast zurück ins Hotel. Im Film sähe ich mich rennen, schwarz-weiß. Philip-Glass-Musik. Neuanfang.

Rasmus kommt aufs Zimmer

Chloe ist auf dem Zimmer. Sie hat geduscht, gelesen, irgendwelches Frauenzeug gemacht, ich lege mich neben sie und habe für einen Moment keine Angst mehr oder habe sie als Normalzustand akzeptiert. Von draußen schreien Vögel, die wie Hunde klingen, Chloes Hand liegt auf meinem Kopf, leicht und tröstend. Wir müssen nicht reden. Ich schäme mich nicht für mein Schluchzen, ich schäme mich nicht für das Gefühl, bei Chloe zu Hause zu sein. Egal, was passiert. Vermutlich ist sie der Grund, dass ich noch lebe. Auch wenn das sehr übertrieben klingt, stimmt der Gedanke vermutlich. Ich wüsste nicht, ob ich es schaffe, allein zu altern. Allein zu erkennen, dass alles, woran ich als junger Mensch geglaubt habe, sich heute auf die Frage reduziert, ob und wann ich anfangen werde, meinen Harn nicht mehr halten zu können. Das Alter hatte ich mir immer in einer Villa am Comer See vorgestellt. Interessante alte Menschen wären zu Gast, ich hätte Personal und sähe aus wie als junger Mann, mit weißem Haar. Albern, all die Pläne, denn man weiß doch nicht, wie man sich in zehn Jahren fühlt. Es wäre mir jetzt schon zu viel, in Italien zu leben, eine Fremdsprache zu lernen, mich an die Feuchte des Winters zu gewöhnen. Es ist übrigens nichts von dem eingetreten, was ich mir früher vorgestellt hatte. Das Leben ist eine Abfolge von Peinlichkeiten, von Demütigungen, und oft reicht mein Humor nicht aus, mich über all diesen Mist lustig zu machen. Einzig Chloe ist mehr, als ich mir jemals hatte vorstellen können. Früher waren mir Frauen ausschließlich sexuell interessant, als gleichwertige Partnerinnen kamen sie in meinen Phantasien nicht vor. Ich war ein Idiot. Und rolle mich fester in Chloes Schoß zusammen. Die Grillen draußen fangen an, Geräusche zu machen. Ich höre das Klappern in der Küche, die Gespräche der Angestellten. Die Welt besteht aus uns. Ich habe einen Menschen gefunden, dem ich vollkommen vertraue.

Chloe begrüßt den Einbruch der Dunkelheit

Endlich kommt die Dunkelheit und deckt das Elend zu. Die toten Palmen, den Staub, die Autowracks an der Straße, die Deponie alter Handy- und Computerteile links am Strand, den Schlachthof rechts, der Geruch weht kurzfristig nicht mehr in Richtung unseres Hotels, dieser leichte Blutdunst, der während des Tages immer anwesend ist. Vermutlich wirkt der auf Dauer wie Ritalin auf die Gehirne Heranwachsender, macht einen zum Soziopathen, zum Zombie, ich hab keine Ahnung. Irgendwas passiert hier mit den Menschen. Mit mir. Als fände ich das gemütlichste Zimmer in meinem Haus nicht mehr. Da, wo der Kamin brennt und die Obstschalen stehen. Ich irre durch leere Räume, in denen verbrannte Leichen vor erloschenen Feuern sitzen.

Schweigend ziehen wir uns an. Es würde an diesem Ort niemanden interessieren, gingen wir in Badeanzügen zum Abendessen, aber das Ritual, abends eine korrekte Garderobe anzulegen, hilft uns, Haltung zu bewahren. Die Touristen auf der Durchreise haben geduscht, sich in weiße Kleidung aus atmungsaktiven Stoffen gehüllt und mit Parfüm besprüht, um den intensiven Geruch der Umgebung abzuwehren. Die Kinder schlafen auf den Zimmern; in ständiger Alarmbereitschaft die späten Mütter der ehemaligen Mittelstandspaare; sie sind zwischen vierzig und fünfzig, das Alter, in dem man nur noch bewahrt. Der Verfall ist nicht aufzuhalten, die Ärsche spannen in den Leinenhosen. Die armen Männer haben ihre Träume dem Erhalt einer Familie geopfert, die Frauen rächen sich für ihr beschissenes Leben, das sie in Eigenheimen mit Kindern und Pilates-Kursen verbringen müssen, in dem sie sich obsessiv der Ernährung der Familie zuwenden. Oder sie werden anderweitig verrückt, toben sich an ihrem Kind aus und jagen es zum Babyschwimmen, Babychinesisch, Babystretching. Und abends der Mann. Wehe, wenn er die Wohnung betritt! Zieh die Schuhe aus! Hast du Kohl mitgebracht? Die Überweisungen? Warum bist du zu spät? Du wolltest doch mit Torben noch Biologie lernen! Am Wochenende kommen die Müllers! Lass dich nicht wieder so gehen! Wasch dir die Hände! Du hörst mir nie zu! Hm, hervorragend, dieser Pad-Chung-Kohl, er ist voller Antioxidantien. Schling doch nicht so! Hast du zugenommen? So, Torben, dein Vater spielt jetzt noch mit dir. Es ist wichtig, Quality Time mit einem männlichen Erziehungsberechtigten zu verbringen. Für das Bonding. Obwohl ich nichts habe gegen gleichgeschlechtliche Paare mit Kindern. Obwohl.

Man muss doch auch mal sagen dürfen.

Meiner Meinung nach.

Haltet die Fresse, möchte ich Frauen wie mir zurufen. Wann ist das alles nur passiert? Wir waren alle gerade noch jung und sehen nun schon aus wie Menschen, die man bei einem Klassentreffen erstaunt mustert.

Die Paare plaudern leise, sie sind so gelangweilt, dass ihr Zustand fast einer Panik gleicht. Sie lassen sich von Angestellten in viel zu großer, viel zu glänzender Servicekleidung die Stühle unter den Hintern schieben, das haben sie in Filmen gesehen, die Angestellten, dass der westliche Mensch sich gerne Stühle unter das Gesäß stoßen lässt, das gibt ihm was. Gläser klingen, man prostet sich zu nach einem Tag in vollkommener Apathie, an dem die meisten sinnlos mit kleinen Mopeds durch den heißen Staub gefahren sind und ein Stück authentischen Schwellenlandes besichtigt haben. Überlebt man die Autobahn, kann man Abstecher zum Meer unternehmen und verschiedene Soziokulturen beim Sein beobachten. Orte gibt es, wo fast nur einheimische Touristen Urlaub machen, ich gehe davon aus, dass Menschen mit einschlägig unvertrauten Gesichtern Landeskameraden sind. Sie scheinen sich auch ohne Probleme verständigen zu können, sie sind laut, brüllen, betrachten die Kellner ohne den Ausdruck des latent schlechten Gewissens, das den westlichen Mittelklassetouristen wie ein Missklang begleitet. Da wird ungehobelt befohlen, geschrien, hier kratzt man sich an den Eiern und sitzt breitbeinig, hier wird gesoffen.

Leise schwappt Musik aus dem Nachbarort zu uns, die wir allzu laut kauen in der Stille. Dort ist ein Partyparadies für die westliche Unterschicht. Nutten, Stricher, Transvestiten, Musik ab elf Uhr morgens. Zum Glück!, denken die meisten hier, zum Glück sind wir anders! Wir sind die höflichen Touristen, die immer zu viel Trinkgeld geben, wir sind die, die Servietten benutzen, die auf unseren weißen Leinenschößen liegen. Wir kauen, wir schweigen, wir sind bewusst. Wir sind hier nur aus Versehen, morgen werden wir weiterreisen zu einem politisch korrekten, tourismusrelevanten Kulturdenkmal.

Ein übergewichtiger Mann, der mit einer halb so schweren und dreimal jüngeren einheimischen Frau am Tisch sitzt und sie füttert, während ihr nackter Fuß seine Eier krault, scheint als einziger Spaß zu haben. An den Nachbartischen werden Scherze über das Essen gemacht. Zubereitung, Dampfgaren, ja, da ist von Dampfgaren die Rede und von der Aufzählung verwegener Speisen, die sie irgendwann zu sich genommen haben. Nachdem dieses Thema erschöpft ist, berichten sie sich, was sie in Dokumentationen über das Land gelernt haben. Die Freundlichkeit, die Gastfreundschaft, das einfache Leben.

Gegen die Sterblichkeit anquatschen hatte Rasmus es früher genannt. Wir waren immer stolz auf unsere Fähigkeit, ruhig zu sein.

Die Kellner lehnen in einer Gruppe an der Bar. Ihre Anzughosen haben sich in den Plastiksandalen verklemmt. Sie betrachten die Touristen. Sie werden sich kein Gesicht merken, sich an keinen erinnern. Es ist schwer zu verstehen, dass man als weißer Tourist, als europäisches Individuum, so komplett uninteressant ist, dass die Menschen hier sich weder für unsere nicht abbezahlte Wohnung im Grüngürtel einer Stadt interessieren noch für unseren unsicheren Arbeitsplatz. Dass sie dich, fielst du hier um, nur zu Seite schieben würden, damit du das Geschäft nicht störst, mit deinem austauschbaren Körper.

Auf den Boden sind Frangipaniblüten in Mandalaform gelegt. Die Touristen stehen auf so etwas.

Rasmus denkt über kauende Menschen nach

Diese Menschen beim Essen. Die Geräusche. Der Duft. Ich sehe das Stück vor mir. Ein zeitgenössisches Stück. Ein junger Autor. Eine Autorin, die sind gut in Sozialdramatik. Die Abendgesellschaft junger aufgeklärter Touristen. Heterosexuelle Paare. Ein homosexuelles Paar, männlich. Messer und Gabeln, die Gerichte schneiden, die für Löffel gedacht waren. Das Bühnenbild: blutrote, untergehende Sonne. Fürs Abendland stehend. Musik. Ein Medley durch die europäische Klassik. Viel Gynt. So, pass auf. Dann kracht ein Boot auf den Strand. Zerbirst. Trommel, Gynt. Die Menschen im Restaurant blicken kurz irritiert von ihrem Essen auf. Und fahren fort, sich zuzuprosten. Unten am Strand wird klar: Das sind Boatpeople. Schwarze Flüchtlinge. Sie liegen im Strand, viele sind tot. Eine Frau mit einem toten Baby.

Die Touristen essen weiter. Ein dicker Mann steht auf, macht ein paar Fotos. Musik: It's a wonderful world. Na, oder nein, das ist zu platt, wir bleiben bei der Klassik. Die Touristen beginnen sich über das Elend in der Welt zu unterhalten. Über die Ungerechtigkeit, Arm und Reich. Dann kommt ein langer Monolog einer leicht übergewichtigen Frau. »Mich macht das ja wahnsinnig, wenn ich denke, dass in jeder Sekunde auf der Welt Kinder sterben, Frauen vergewaltigt werden, in jeder Sekunde, da werden Mädchen beschnitten, ihnen wird teils alles da unten abgeschnitten und zugenäht bis auf ein winziges Loch, der Mann trennt sie dann wieder auf zum Verkehr.« Ihr Tischnachbar: »Ja, aber dann bedenk bitte auch die männlichen Beschneidungen.« Frau: »Das kann man doch mal bitteschön gar nicht vergleichen.« Mann: »Ja genau.« Frau: »Norbert, ich möchte jetzt nicht mehr darüber reden. Ich merke, dass mir dieses Gespräch den Appetit verschlägt.« In dem Moment ist die Frau mit dem Baby an den Tisch gekrochen und hebt flehend ihre eine Hand, also die, wo kein totes Baby drauf ist. Das Paar: »Service, kann man hier nicht mal in Ruhe essen. Ich meine, wir meinen, wir haben für diesen verschissenen Urlaub bezahlt.«

Chloe betrachtet den Banker

Die eingeborene Frau ist unterdessen mit beiden Füßen im Schritt des Mannes aktiv, der erkennbar einen im Tee hat. Die Moskitos erwachen. Die Zikaden schaben ihre Beine, am Boden sitzt nachdenklich eine Kakerlake und beobachtet den Banker, der jetzt aussieht wie die Karikatur eines Lehman-Brother-Fuckers. Er hat einen hellen Anzug an und ein Seidentuch anstelle einer Krawatte geknotet. Er trägt keinen Hut, sein Haar ist mit Frisiercreme nach hinten gelegt. Vor ihm ein Glas Wein, kein Essen. Der Banker wirkt wie jene seltsamen Aufnahmen mexikanischer Geister, die es immer wieder im Internet gibt. Ich meine, mir unseren Kontakt am Mittag eingebildet zu haben.

Rasmus' Mobiltelefon klingelt. Ich erkenne an seiner Reaktion (Entsetzen und Stolz), dass es seine Mutter ist. Sein Mund öffnet sich leicht, und seine Stimme rutscht in die Höhe. Rasmus wird zum Kind.

Chloe denkt über Mutterbindung nach

Lumi wohnt im Moment in unserer Wohnung. Eigentum, im Grüngürtel einer mittelgroßen mitteleuropäischen Stadt. Sie hat die Wohnung bezahlt, sie ist auf ihren Namen eingetragen, und hat sich damit ein Anrecht auf ein Zimmer in der Wohnung erkauft. Sie sagt, dass es finanziell kein Problem sei, sie habe immer bescheiden gewirtschaftet, und außerdem könnte sie uns dann ab und zu besuchen in dieser neuen geräumigen Grüngürtelwohnung. Am Anfang dachte ich über diese Regelung nicht nach, denn Rasmus' Mutter lebte seit Jahren in Finnland. Die Finnin und der Wald, eine unendliche Liebesgeschichte. Sagte Lumi. Ich glaubte ihr. Und wir zogen in unsere erste eigene Wohnung. Alle Zutaten für den Umzugstag hatten wir Filmen entnommen. Kerzen, chinesisches Essen, Rasmus liebt es, ich bekomme Magenschmerzen davon, auf dem Fußboden eine Matratze, die Kartons noch nicht ausgepackt. Und dann kam Lumi. Sie saß mit uns am Boden, sang finnische Lieder, aß unser chinesisches Essen und war eine große Hilfe. In den kommenden Wochen packte sie aus, ordnete die Wohnung nach ihrem Geschmack, und in den Jahren, da wir in unserer neuen Wohnung wohnten, kam sie fast alle zwei Monate zu Besuch. Ich finde keine Einwände. Sie hat meinen Mann geboren. Sie hat ihn zu einem großartigen Menschen erzogen. Sie ist perfekt. Eine emanzipierte finnische Frau, fast eine Kommunistin, sie ist stabil, nie krank, patent, kennt keine Angst; allein was in ihrer Anwesenheit mit Rasmus geschieht, ist bedenklich. Wie er jede Kontur verliert, fast als flösse er an den Rändern aus einem Bild, das ich mir von ihm gemacht habe. Es ist nicht so, dass er sich mit seiner Mutter gegen mich verbünden würde oder mich bloßstellt. Es passiert nichts, was ich bemängeln oder einem der beiden vorwerfen könnte.

Lumi erzählt viel von sich. Von ihrem Leben als Künstlerin. Es war sicher nicht einfach für mich, beginnt sie oft. Lumi hat eine aufregende Lebensgeschichte. Der Krieg, wobei ich nie weiß, welcher, ein Bürgerkrieg? Ein Aufstand der Fischer? Und ich als Alleinerziehende, schließt Lumi immer an, mit einem klaren Blick zu mir, wenn sie erwähnt, wie undenkbar ihr ein Leben ohne Kinder wäre. Dann folgt die Erzählung der Begegnung mit dem deutschen Kältetechniker, oder war er Vermessungsingenieur? Liebe auf den ersten Blick. Ich versuche mir immer einen Vermessungstechniker oder Kälteingenieur vorzustellen, mit einem gestreiften Hemd, zu hoch gegurteten Hosen, vielleicht ein blonder Schnauzbart, und kann mir die Schauer der Sinnlichkeit nur vorstellen, wenn ich daran denke, wie Lumi aussieht. Der Ingenieur war verheiratet, verließ Lumi, die schwanger war wie selten eine Frau, Geburt, furchtbare Schmerzen, ja, die schmerzhafteste Geburt aller Zeiten war das, fast gestorben wäre sie, und so allein, wie man nur als Alleingebärende sein kann. Drei Jahre nach Rasmus' Geburt machte sie sich auf, den Schnauzbartträger zu suchen. Dann: fremdes Land, kein Wald, Fremdsprache, Untermietzimmer, der Mann will sie nicht, sie studiert Kunst, schließt sich der Studentenbewegung an, Feministin, Terroristin, das volle Programm. Immer dabei: der kleine Rasmus, immer dabei: der Hunger, der bewaffnete Widerstand, wogegen, das vergesse ich ständig, der Aufruhr der jungen Frauen, freie Liebe, Matratzenlager, Kommunen, Hunger, Abtreibungen, und irgendwann verlässt sie das kalte, quasi fremde Land, weil sie merkt, dass sie mit den Nazis nicht klarkommt, möglicherweise. Ich vergesse immer wichtige Teile der Geschichte, weil ich sie zu oft gehört habe.

In Finnland eröffnet sie eine kleine Galerie, sie lehrt an der Kunstakademie, frühstückt mit dem Minister, und ich glaube, alles immer nackt, denn Lumi hat ein unglaublich entspanntes Verhältnis zu ihrem Körper und ihrer Sexualität. An der Stelle wendet Lumi sich immer mir zu, nackt, betont sie, und ihr Blick sagt, dass sie weiß, dass ich eine verklemmte Mitteleuropäerin bin, eben nicht im Wald groß geworden, und dass ich ihren Sohn kaum glücklich machen kann. Ich habe Lumi nie gesagt, dass ihr Sohn es auch in zwanzig Jahren nicht geschafft hat, meine Klitoris zu finden. Ich habe ihr nicht gesagt, dass es verdammt noch mal wichtigere Dinge zwischen zwei Partnern gibt, als sich pausenlos an den Primärgeschlechtsorganen herumzureißen. Aber sonst gibt es nichts gegen Lumi zu sagen. Ich sehe in den Himmel.

Rasmus telefoniert

Lumi schafft es in einer Viertelstunde, die mich ungefähr zweihundert Dollar kostet, nur von sich selbst zu erzählen. Mann, denke ich, such dir eigene Freunde. Vor Langeweile innerlich spazieren gehend, stelle ich mir vor, was Lumi gerade sieht. Vier Zimmer mit Veranda. Alvar-Alto-Möbel. Gebrochen weiß an Boden, Wänden und am Sofa. Angst, sich auf das bescheuerte Sofa zu setzen. Die Nachbarn sind junge Mittelschichtpaare mit einem Hang zur Kontrolle, die sie in dieser geradlinigen Architektur manifestiert sehen. Arme Irre. Das Haus hat viele interessante Gemeinschaftsflächen, Terrassen, Begegnungsstätten, eine Wiese, auf der unterdessen Alkoholiker sitzen, denn die Begegnungen finden nicht statt. Jeder sieht zu, dass er schnell über die offenen Korridore rennt, um nur keinen zu treffen, mit dem man reden müsste. Von den vierzehn Paaren – nachdrücklich betont Lumi immer, dass darunter vier homosexuelle Paare befindlich sind, als gäbe es einen Orden für das unglaublich tolerante Erwähnen der schwulen Paare –, die mit uns eingezogen sind, gibt es heute nur noch wenige. Die meisten sind weggezogen, nach der Trennung, oder sind allein in der unglaublich offenen Architektur wohnen geblieben. Sie sind nun Mitte vierzig und beim verzagten Schleichen über die Begegnungsflächen zu betrachten. Bevor wir zu unserem Abenteuer in die Dritte Welt aufgebrochen sind, begleitete mich immer das Gefühl, als sei die Umgebung scharf eingestellt und ich verschwommen. Chloe verstand mich zum ersten Mal nicht. Glaubst du, das ist jetzt alles, fragte ich sie. Und sie sagte, was meinst du damit?

Chloe erlebt einen Höhepunkt

Diese unendlichen Abendessen bringen mich an den Rand der Möglichkeit, an irgendetwas zu denken, das nicht die Worte beinhaltet: Ich will sterben vor Langeweile. Schrieb nicht Dürrenmatt, das Leben sei eine Komödie? Das Leben ist albern, aber keine Komödie. Es fehlt das Happy End. Das wird nicht geliefert. Würde Rasmus ein Stück mit einer Figur wie mir angeboten, er würde es ablehnen und mit der oberflächlichen, klischeehaften Skizzierung der Personen argumentieren. Aber bitte, wie unterschiedlich sind wir denn? Jeder lobt seine Heimat, sagt Sätze wie: Familie und Essen sind uns hier in diesem echt speziellen Ort sehr wichtig. Jeder hat in sich den genetischen Hang zur Gewalt, will gut wohnen und Geschlechtsverkehr, jeder hat seine unterschiedlich starken Traumen aus der Kindheit, die immer heißen: Wir werden nie genug geliebt, und wenn sich schon im Leben alle gleichen, mit ihrem Glauben, immer im Recht zu sein, dann wollen wir es doch in der Kunst möglichst künstlich und in einem Facettenreichtum, der in der Realität nicht geliefert wird. Ich bin keine Ausnahme. Endlich. Endlich kann ich aufhören, dem Strom meiner unoriginellen Gedanken zu folgen, das ist ja die Todesstrafe heute, nicht originell zu sein – denn das Essen ist beendet. Der Höhepunkt des Tages vorüber. Es ist zu früh zum Schlafen, es ist zu dunkel zum Lesen. Auf das ausländische Fernsehprogramm ist kein Verlass, wir haben bereits siebenmal die gleiche Dokumentation über die Welttour 2000 von Céline Dion gesehen. Beeindruckend, aber ein achtes Mal nicht zwingend. Also betrinken wir uns. Wir bestellen Wein, wir tragen weiße Klei-

dung, Rasmus verliert die Haare, ich scheiß mich ein. Dem
Banker scheint Céline Dion auch keine Alternative zur Langeweile hier unter dem freien Himmel, der ja wenigstens noch
eine Idee von Exotik verspricht, da gibt es die Geräusche des
Meeres, auch wenn wir wissen, was es an toten Tieren mit sich
führt, da gibt es Sterne zu bestaunen. Außer einem kleinen
Schweißstreifen auf der Oberlippe des Mannes deutet nichts
darauf hin, dass er am Leben ist. Ich würde gerne mit ihm
reden, um zu wissen, was er hier sucht. An diesem Ort, der
nicht einmal für Sextourismus bekannt ist, was will er hier alleine. Ich lehne meinen Kopf an Rasmus' Schulter. Nach zwei
weiteren Gläsern kann ich Rasmus in den Schritt fassen. Während unten meine Hand an ihm spielt, sehe ich dem Banker in
die Augen. Welch armseliger Triumph. Und worüber. Rasmus'
Glied wackelt, wir verlassen die Bar, versuchen im Bungalow
zu ficken, was dann doch nicht geht, und schlafen ein.

Rasmus turnt

Vor dem Zubettgehen mache ich meine Übungen. Sit-ups, Kniebeugen, Liegestütze, Onanieren. Alles lustlos. Nach den Übungen betrachte ich mich. Hoffnungslos. Nicht schlecht in Form, aber hoffnungslos. Der Haarausfall lässt sich trotz des sehr aggressiven Medikaments (Nebenwirkung Impotenz, Depressionen, Gewichtszunahme) nicht aufhalten. Wenn ich mir ein Handtuch vor die immer höher werdende Stirn halte und mir Haare vorstelle, gewinne ich zehn Jahre. Spielerisch. Nach Sport, Onanie, Haarhandtuch sitze ich fast immer auf der Toilette und bin in schlechter Stimmung, die vielleicht dem Mittel gegen Haarausfall geschuldet ist. Dieses Hälfte-des-Lebens-Gefühl. Dieses Ich-kann-nichts-grundlegend-mehr-ändern-Gefühl. Erwachsene wissen, wovon die Rede ist. Hungrig sein, aber zu müde zum Essen. Jeden Abend auf dem Toilettendeckel bin ich dafür dankbar, auch wenn ich den Adressaten für das Gefühl nicht weiß, dass draußen ein Mensch ist, der mich an einem Leben hält.

Die Alternative wäre schrecklich.

Vermutlich verbrächte ich den Sommer mit Mutter in Helsinki, frierend, gelangweilt von den Finnen, die auf mich wirken, als wären sie keine richtigen Menschen, sondern eher eine Übergangsform, und ich bin nicht phantasiebegabt genug, um zu sagen, von was zu was. Ich würde, ähnlich wie jetzt, von Mutters Geld leben, und sie würde mir Mut machen. Wissend, dass ich unverstanden bin und meine Zeit noch kommen wird, und so lange würde ich in kleinen Bars umsonst Tangoplatten auflegen und kulturtheoretische Bücher lesen. Ich würde mich lächerlich machen, während ich junge Mädchen anquatsche, an Frauen meines Alters wäre ich natürlich nicht interessiert, wer ist das schon. Ich würde anfangen zu saufen, mit nassen Unterhosen in Mutters Wohnung herumschlendern und große Wodkaflaschen hinter mir herziehen, wie eine Comicmaus. Mutter würde eines Morgens tot im Bett liegen, wo sich unter ihrem Haar ein Abdruck ihres Kopfes mit einer Fettschicht gebildet hätte, und ich würde sie da liegen lassen, über Jahre, bis ich an Dehydrierung sterben würde.

Ich kann nicht schlafen.

Chloe erwartet ein Naturereignis

Ich habe das Telefon gestellt. 6.49 soll die Sonne aufgehen. Uns bleiben noch zehn Minuten, um Zeugen dieses außergewöhnlichen Naturereignisses zu werden. Rasmus erwacht sehr schnell, er nimmt meine Hand; wie jeden Morgen scheint er sich in mich verkriechen zu wollen. Wohlan (ein Wort, das klingt, als würde im Hintergrund ein Saxophon spielen), ich wünschte, wir wären einfach an einem blödsinnigen Ort, um Urlaub zu machen. Und müssten uns nicht einbringen. Wir gehen an den Bungalows vorbei, die Treppen zum Strand hinunter, und sind verwirrt. Statt des erwarteten Rosétons ist der Himmel rot. Neben der Mauer, die das Hotel vom Strand trennt, brennt etwas Organisches. Es stinkt in einer mir unbekannten Art, süßlich, schwer, fettig. Meine Augen gewöhnen sich an die Flammen, ich sehe, es ist ein Mensch, der reglos brennend am Strand sitzt. Erkenne, dass er tot sein muss, denn da ist nur noch schwarzer Umriss. Bis auf das Knistern des Feuers und kleine Explosionen, Organe?, ist es still. Wir starren, eingefroren, uns ist klar, dass es zu spät ist für jedes Eingreifen; der Körper bereits schwarz verkohlt, obgleich er sich noch bewegt. Bewegt wird. Ein leises Knacken, etwas im Kopf ist geborsten, wir gehen näher, uns an den Händen haltend, und sehen neben der Feuerstelle einen Benzinkanister und ein Halstuch. Das Tuch, das ich gestern an dem Banker gesehen habe, der vielleicht kein Banker war, sondern einfach nur traurig. Das Tuch, das er auch mit heruntergelassener Hose um den Hals gelassen hatte. Die Flammen sind kleiner geworden, noch einmal explodiert etwas in dem verkohlten Schädel. Ich habe mich bis jetzt noch nie schuldig gefühlt. Jetzt weiß ich, was dieses Gefühl meint, das sich im

Ursprung anfühlt wie Verzweiflung, dann eine Abzweigung nimmt zu jenen Arealen, wo die Scham beheimatet ist. Die Sonne geht auf und nimmt der Szene ihre Unwirklichkeit. Ich zittere. Meine Zähne schlagen aufeinander. Ich wage nicht, Rasmus anzusehen. Er würde fragen. Ich würde weinen und sagen, es war nur einmal, es war wie Sex mit einem Toten, oh, er ist ja tot. Er war nicht in mir, er hat sich nur neben mich gestellt und onaniert, dann hat er sich die Hose hochgezogen und ist gegangen. Ich habe keine Schuld an seinem Wahn. Es war wie jemandem über die Straße helfen. Nein, ich wollte nichts von seiner Trauer hören, nicht mit ihm reden. Ich wollte nur einmal verwegen sein, es ist das erste Mal in zwanzig Jahren, es hat sich richtig angefühlt, wo alles doch falsch ist. Ich schweige und sehe Rasmus nicht. Nun geht die Sonne auf, es ist sofort heiß, und da ist eine Leiche, die verhalten kohlt, das Feuer ist erloschen, es bleibt ein verkrümmter, glimmender schwarzer Körper. Auf der Mauer tauchen nervöse Hotelangestellte auf. Sie rufen Unverständliches. Ein Mann kommt mit einem unsinnigen Löschgerät, innerhalb von zehn oder fünfzehn Minuten fährt am Strand der Leichenwagen vor, lädt den Banker auf, die Hotelmitarbeiter graben den Sand um, nehmen das Tuch auf, sprayen Duftspray in die Luft und verteilen großzügig Frangipaniblüten auf dem Sand. Wir stehen unbeweglich und wissen nicht, wie aus der Starre gelangen. Ein Mensch, den wir gesehen haben, einer von uns ist tot und unsere Unverletzbarkeit in Gefahr, die Harmlosigkeit beschädigt, eine Lücke in der Welt, irgendwer wird ihn vermissen. Eine Mutter, ein Freund, für irgendjemanden endet heute die Normalität. Zu gnadenlos der Gedanke, dass da keiner ist. Der ihn betrauert. Dass die Reste vielleicht in ein Land geschickt werden, wo sie von unterbezahlten Mitarbeitern der Stadtreinigung aus einem Sack genommen und wortlos verscharrt werden.

Rasmus will telefonieren

Wäre ich allein, würde ich jetzt einen Western schauen und mich besaufen. Dabei würde ich wieder einen Panikanfall bekommen. Weil ich nicht mehr unendlich bin. Weil es noch zwanzig gute Jahre geben kann, wenn ich sie mir nicht mit schlechter Laune verderbe. Weil zwanzig Jahre nichts sind. Ich würde alle Jungen haltlos hassen, weil sie ihre Sterblichkeit nicht begreifen, die Idioten, so wie sie mir auch vollkommen egal war. Wenn ich alleine wäre, würde ich mich dermaßen besaufen, dass ich den Anblick der Leiche aus dem Kopf schwemmen würde. Ich bin nicht alleine, ich muss betroffen tun, dabei ist mir dieser Mann vollkommen egal. Er war mir irgendwann kurz aufgefallen. Ich hatte ihn beneidet. Er war gut gekleidet und hatte Haare. Er war allein, und ich hatte mir kurz vorgestellt, wie er später, als ich onanierend auf der Toilette befindlich war, einen Ausflug ins Bordell gemacht haben mochte.

Chloes Kopf lehnt an meiner Brust. Ich merke nach Minuten, dass sich meine Finger in ihren Arm krallen. Ich weiß verdammt noch mal nicht, ob ich so weiterleben will, wobei ich nicht weiß, was ich mit *so* meine. Ich habe eine starke Sehnsucht nach Sex. Ich will leben. Ich will mit Chloe leben, die ich liebe, ich liebe alles an ihr, ich will nicht ohne sie sein. Ich will nicht ohne sie sein. Der Griff meiner Hand wird lockerer. Ich habe mich immer an Chloe festhalten können. Sie ist bei mir, wenn ich krank bin, arbeitslos, verzweifelt, ich will neben ihr aufwachen und einschlafen. Schweigend neben ihr sitzen in meinem eigenen Universum, nicht gestört und doch aufgehoben. Aber verdammt noch mal, ich will ficken, und zwar jetzt.

Vergessen, dass ich bald da bin, wo der Banker sich nun aufhält, verkohlt, verbrannt, ohne Spuren hinterlassen zu haben.

Von draußen kommt diese Luft, die nach verschimmeltem Metall riecht und die verdorben ist, wie ich, wie Chloe, wie alles hier. Wie wir doch alle verdorben sind, sobald der Sex in unser Leben kommt. Uns zu Monstern werden lässt. Die an sich herumreißen, vergewaltigen, morden, betrügen. Wie ich erwachsene Menschen verachte. Wie ich mich anwidere.

Chloe denkt über Betrug nach

Der Geruch, der jeden Abend in das Zimmer dringt, verschimmeltes Metall, vermutlich Blut und organische Abfälle, ist heute stärker als sonst. Ich vermute, wir dünsten ihn aus. So riechen verdorbene Personen.

Sehr hatte ich gehofft, dass es uns gelingt, trotz des Verfalls eine gewisse Sauberkeit zu bewahren. Das gelingt doch kaum einem Erwachsenen. Gut zu riechen, von innen, einer Reinheit geschuldet, über die meist nur Pubertierende verfügen. Wie alles, was junge Menschen an Schönheit aufzuweisen haben, verschwindet, wenn sie beginnen, sich anzupassen. Zu funktionieren. Bitter zu werden, weil sie sich angepasst haben, zynisch, weil sie lügen, selbstgerecht und abstoßend. Von sich selber glaubt man doch, dass man mit den anderen und deren Verdorbenheit nichts zu tun hat. Immer mustere ich sie, die nicht ich sind, auf der Suche nach etwas Niedlichem, ich finde es nur bei Tieren.

Und nun sehe ich uns. Ich habe einen einsamen Menschen missbraucht, und Rasmus missbraucht Jugendliche, damit sie ihm ein Gefühl geben.

Wir reden nicht. Nicht miteinander. Flüsternd liest jeder sich vor, was er zum Thema Selbstverbrennung findet, leise, nur leise, damit nichts Reales entsteht. Wenn er Pech hatte, der Banker, benötigte es zwanzig Minuten, bis er nicht mehr anwesend war. Ich stelle mir vor, in der Dämmerung mit einem Kanister an den Strand zu gehen, Benzin über mich zu gießen und dann nicht mehr umkehren zu können, falls ich es gewollt hätte. Das Meer zu weit entfernt durch die Ebbe, zu verwirrt vielleicht das Hirn durch die Schmerzen, das ist doch kaum auszuhalten, die Vorstellung.

Hier im Raum, in diesem beschissenen Raum, wo der Tote über uns an der Decke klebt wie ein Gecko, ist es zu eng, und draußen ist die Umgebung mit Partikeln des Toten überzogen.

Wie können wir in dem Meer baden, ohne ihn vor uns zu sehen, verkrümmt und brennend, wie können wir im Restaurant sitzen, zwei Meter von der Stelle, wo er gestanden hat, irgendwann, bevor die Sonne aufging.

Lass uns saufen fahren, sagt Rasmus.

Chloe fährt Moped, sozusagen

Ich bin seit zwanzig Jahren nicht mehr selber gefahren, weder Auto oder Moped noch ein Fahrrad. Ich habe es mir abgewöhnt und sehr sicher unterdessen verlernt, wie so vieles. Wie Selbstständigkeit zum Beispiel. Rasmus war immer da. Er fährt nicht gerne, aber besser. Das habe ich ihm gesagt, du fährst so sicher, machst die Steuererklärung besser, verstehst Zahlen, Verträge, kennst dich mit Handwerksgerät aus, nimmst so wunderbar das Telefon ab, öffnest erstklassig die Tür, trägst den Müll elegant runter. Ich gebe Rasmus das Gefühl, wichtig zu sein, überlegen, damit ich faul bleiben kann. Das ist der Deal. Er fährt, läuft, hebt, rennt, ich sitze. So ist es immer gewesen, warum sollten wir es gerade heute ändern.

Unzusammenhängend stehen Menschen am Straßenrand.

Rasmus riecht etwas

Natürlich helfen Aktionen gegen Angst und die Starre, die aus ihr resultiert. Mit dem zutiefst männlichen Verhalten, planlos zu handeln, wenn man gedanklich nicht weiterkommt, so, liebe Kinder, haben wir den Mond erobert. Zum Beispiel.

Ich bekomme den Geruch verbrannten Fleisches nicht aus der Nase, die Bilder nicht aus dem Kopf.

Warum verbrennt sich der Idiot. Und warum so, dass andere es sehen müssen. Es hat doch wirklich genug Plätze, wo man so etwas ungesehen unternehmen kann. Dahinten im Dschungel links. Dort neben dieser Bauruine.

Warum am Strand? Hast du keinen Beifall bekommen für deine Anwesenheit auf der Erde?

Der Mann war jünger als ich. Sah besser aus. War eleganter gekleidet. Verbrenne ich mich vielleicht andauernd, wenn etwas schiefläuft?

Uns sensible Europäer verfolgen Bilder von Leichen doch ewig. Da muss ich mich jetzt mit ungefähr zehn Stücken dran abarbeiten.

Die Angestellten des Hotels sitzen vermutlich bereits neben der Verbrennungsstelle am Strand und futtern ihre Lunchbox leer. Sie haben den Tod quasi im System. Früher gab es hier in der Gegend ständig Bürgerkriege. Wer gegen wen war, verstanden nicht einmal die Beteiligten. Die kleinen Trottel, die jetzt in meine Theatergruppe kommen, um Bier zu trinken, haben noch vor wenigen Jahren ihren Nachbarn mit Macheten den Kopf zerhackt. Das ist es doch, was wir hier spüren die gesamte Zeit. Orte speichern Erinnerung. Das Grauen bekommt man

aus Wohnungen und Gegenden über Jahrzehnte nicht rausge-
lüftet, denn die Atmosphäre hat ein brillantes Teilchengedächt-
nis. Ich muss an etwas Erfreulicheres denken. Wie ich Chloe
aus ihrer Depression bekomme zum Beispiel. Sie hat den Banker genauso wenig gekannt wie ich, doch wirkt sie über Gebühr
erschüttert. Sie war schon immer der sensiblere Teil von uns
oder ist über die Jahre mit ihrer Geschlechterzuschreibung eins
geworden. Ich bin der Praktische, der Rechner, der Handwer-
ker und die Seele des Kleinunternehmens. Ich bringe den Müll
runter, mache die Steuer, ich rede mit Fremden. Ich tue es gern,
denn Chloe will mir damit das Gefühl geben, wichtig zu sein.
Vermutlich ist sie einfach nur faul. Ich fühle, wie sich Chloe
an mich klammert, und es scheint, dass die Muskeln an meinen
Armen, die den Lenker fest und sicher halten, wachsen. Mir
kommt kein Gedicht in den Sinn, das jetzt passend wäre. Nur
eine Zeile Wondratscheks über einen selbstbewussten Friseur,
der glaubt, wenn er die Kopfhaut seiner Kundinnen massiere,
streichle er zugleich ihre Seelen. Doch im Moment ist mir die
Bedeutung des Satzes hinsichtlich unserer Lage nicht schlüssig.

Rasmus nimmt die Sache in die Hand

Links und rechts der Straße hocken Einheimische, sie wischen an Töpfen herum, führen Handlungen mit Gemüse aus, das sich bewegt, essen pausenlos, machen mich irre mit diesem ununterbrochenen Gekaue und starren in die Nacht, mit der sie verschmelzen, aus der nur vereinzelte Weiße ragen, die sich unsicher mit ihren Trekkingsandalen in ständiger Anspannung bewegen. Sie fürchten Überfälle, Krankheiten, das Leben, sie nehmen sich zu wichtig, denn wer will hier schon einen weißen Touristen töten, die winseln viel zu stark, wenn man ihnen die Haut abzieht. Ich biege ab zum Meer, weg von der Hauptstraße, in die Dunkelheit, durch Schlaglöcher, durch Grillengeräusche, vielleicht sind es Zikaden, keine Ahnung, die ersten Lichter des Touristendorfes, des Grauens, wie wir am ersten Tag befanden, als wir zufällig hier vorbeikamen.

Der Ort ist eine trostlose Ansammlung von Tattooshops, Transvestitenbars, Massageläden, Huren, Strichern und Touristen, die sich ausnehmen lassen, zumindest werden sie das zu Hause sagen. Und damit meinen, dass sie für eine Prostituierte fünf Dollar gezahlt haben.

Wir setzen uns in eine der Freiluftbars, ein großer Tresen, viele Nutten, die heute Sexarbeiterinnen genannt werden wollen. Alkohol wird aus uterusähnlichen Gefäßen mit Strohhalmen eingenommen, und es spielt eine laute 90er-Jahre-Rockcompilation. Was man hier für den Geschmack der Touristen hält. Die viel wollen, viel fürs Geld. Sich reich fühlen, Elend besichtigen, schmatzend, ein wenig vergewaltigen, oder wie nennt man das, wenn ein alter dicker Mann eine Frau flachlegt, die seine untergewichtige Enkelin in Klammern minderjährig sein könnte. Ich wünsche mir, die Zeit noch zu erleben, da Touristinnen von hier nach Deutschland reisen, um sich erbärmliche Männer zum Geschlechtsverkehr zu kaufen. Diese Männer mit Smegma und eingewachsenen Zehennägeln. Aber warum sollten die Frauen das tun?

Chloe hat immer noch kein Zeichen von Wiederkehr in ihrem Gesicht, der Mund ein wenig geöffnet, als verlangte es zu viel Anstrengung, ihn zu schließen, die Augen halb geschlossen, und ich werde langsam sauer. Ja, ein Fremder ist tot, aber ich lebe noch und habe auch so meine Probleme. Das Getränk, das zu zwei Dritteln aus Brennspiritus besteht, macht mich munter, ich komme wieder zu mir – gute deutsche Sprache, so treffend und scharf. Schade, dass von den Idioten hier keiner ein Interesse daran hat.

In zehn Tagen oder egal sind unsere Rückflüge geplant. Wir wollten zu Hause neue Gelder eintreiben, mit den Medien sprechen, neue Bücher und Kleidung holen und in einem Monat wieder herkommen. Ich werde den Teufel tun. Wenn eines klar ist, dann das Scheitern meiner Idee. Unserer Idee, unseres Projekts, denn Chloe hat mich immer sehr, und so weiter. Die Dankesrede für die Entgegennahme des zu erwartenden Nestroy-Theaterrings kann ich vermutlich beiseitelegen.

Chloe sieht dicke Männer

Meine Beine geben nach, obgleich sie an einem Hocker befestigt sind, der schwankt, mein Kopf fällt auf den Tresen. Bier und Schweiß, Lou Bega singt, die Bässe sind nicht eingestellt. Rechts neben mir sitzt ein Engländer in kurzen Hosen, seine Hoden sind gemittelt, Badeschuhe, sein Hemd steht zu weit auf, sein Bauch ist beeindruckend, ich glaube, das Wesen, was er in sich trägt, hat sich gerade bewegt. Neben ihm sitzt eine junge Frau, die ihn Papa nennt und immerzu lacht. Ich bin mir sicher, der dicke Mann geht davon aus, dass die junge Frau sich in ihn verliebt hat. Wer würde das nicht tun.

Ich habe Rasmus vergessen, und es braucht Sekunden, ehe ich ihn in dem Heer unförmiger Touristen erkennen kann. Ein gutgekleideter Mitteleuropäer, der unter anderen Umständen klar einer Elite zugehörig wäre. Hier laufen die weißen Menschen zu einem Brei aus Geschmacklosigkeit zusammen.

Es gab immer wieder Situationen wie jetzt, in denen jeder in sich festsaß und wir uns nicht zueinander bewegen konnten. Momente, die alles, was wir geteilt hatten, lächerlich unwirklich scheinen ließen. Eine minimale Verschiebung der Wahrnehmung, und schon schleudert es einen aus der sogenannten Gemeinsamkeit.

»Ein verbrannter Mensch ist ja nun keine Kleinigkeit«, sagt Rasmus. Er sieht sein Glas an, neben ihm hat eine junge Frau Platz genommen. Der Mann neben mir beugt sich, als gäbe es mich nicht, zu ihr. »Na, so alleine hier«, brüllt er. Die Frau legt ihre Hand auf Rasmus' Bein, als wäre er ein Geländer, und brüllt Unverständliches zurück.

Wir sind eingefroren, keiner sieht uns, wir hängen hier fest, wir werden hier sitzen, die nächsten fünfhundert Jahre. Die Musik ist noch lauter geworden.

Rasmus übt sich in Ablehnung

Gruppenbezogener Menschenhass ist wirklich nicht originell. Sich in einem sogenannten Billigurlaubsgebiet aufhalten und Billigtouristen verachten fällt eigentlich nur schlechten Journalisten ein. Aber bitte, warum können die Leute hier keine Konsonanten aussprechen? Warum müssen sie brüllen, und warum, verdammt, können sie ihre Hosen nicht schließen? Ich muss zu Boden schauen, große Bierpfützen. Sehr gelb. Gibt es hier eigentlich Bier? Gibt es eigentlich noch Kegelclubs? Und falls nicht – welche Verbindung könnte zwischen den Betrunkenen bestehen, die meist zu viert oder zu fünft, sich Mut machend, die Frauen auf der Straße mustern, die vermutlich Männer sind? Warum können sich die Betreiber der Bars nicht auf ein gemeinsames Musikprogramm einigen? Und ist Modern Talking wirklich das einzige, was unsere Musikkultur hier repräsentiert? Können die nicht einfach Bach spielen, die Idioten, Tee trinken und ein Gedicht lesen? Fragen ans Universum, in diesem Gestank, in diesem Lärm-Rätsel am Ende eines komplett verstörenden Tages. Was so angenehm begonnen hat, mit der Idee, einen Sonnenaufgang zu besichtigen: Meer, halbdunkel, rosenfarben, dann hell, o welche Überraschung, da ist ja die Sonne, wer hätte damit gerechnet, endet in einer Horde besoffener Männer, die durch ihre Ausscheidungen schlendern und endlich mal sie selber sein können.

Chloe ist stehen geblieben. Ein Plakat mit einer weißen Boa hat es ihr angetan. Chloe mit ihrer Liebe für Reptilien. Man kann diese Boa für 10 Dollar außerhalb ihres natürlichen Lebensraumes besichtigen. Da sind wir gerne dabei. Der Club ist eine Art zu heiß gewaschenes Amphitheater. Ein mittelgroßer, halbgefüllter Raum, eine runde Fläche in der Mitte. Die Temperatur beträgt minus zehn Grad, die Klimaanlagen funktionieren hervorragend. Es scheint, als stünde uns ein weiteres Lehrstück in der Kultur des Landes bevor. Eine sichtlich uninspirierte Frau unbestimmbaren Alters betritt mit einer, vermutlich durch Rohypnol beeinflussten, weißen Boa die Bühne. Ach, wissen Sie, ich wollte immer auf die Bühne und Menschen unterhalten. DJ Bobo singt von kleinen Hunden. Die Frau bewegt sich dazu, sie scheint an das morgige Mittagessen zu denken. Sie geht sportlich in eine limboähnliche Hocke. Steckt sich den Kopf der Schlange in sich. Zieht den Kopf wieder heraus. Der Schlange ist keine Begeisterung anzusehen. Der Frau auch nicht. Das Stempeln eines Briefes scheint einen Postbeamten mehr zu erregen. Als nächstes kommt ein junger Mann mit einem erigierten, sehr dünnen langen Penis, den er ungefähr eine Viertelstunde lang von hinten in eine Frau stößt. Auch die beiden denken eindeutig an erfreulichere Handlungen. Oder an gar nichts. Oder sie sind aus Metall. Gefolgt wird der ereignislose Akt ohne jeden Höhepunkt von einer Frau, die Pingpongbälle aus ihrer Vagina ins Publikum spuckt. Gefällt das irgendjemandem? Um mich sehe ich nur in vor Trunkenheit verblödete Gesichter und Chloe, die eingeschlafen scheint. Ich möchte sie nicht wecken. Außerdem bin ich sicher der letzte, der eine leidenschaftliche Sexdarbietung einfordern kann. Ich komme schnell, ich habe keine Phantasien, und mein Geschlechtsdrang war noch nie besonders stark. Ich habe Chloe noch nie geleckt, fällt mir unzusammenhängend ein.

Nun ist es zu spät, denn wir können jetzt nicht plötzlich anfangen, uns wie junge wilde Liebende zu verhalten, genügsam freut es mich, dass mir die unklaren Umrisse von Chloes Hintern noch genügen, um mich zu erregen. Ich habe keine sexuellen Phantasien. Ich bin immer nur dem Ruf der Natur gefolgt, sozusagen. Allmählich werde ich betrunken. Die Darstellung auf der Bühne – zwei Transvestiten ficken – verschwimmt. Ich weine.

Chloe hat eine Verspannung

Die Lebewesen um mich gehören keiner mir bekannten Spezies an. Weltraummüll. Sie bellen. Sie rempeln mich an. Sie rempeln sich an, sie haben keine Scheu vor Berührungen, ihre Gliedmaßen verhaken sich, als wollten sie ein großer Leib werden, der untergehen kann, um als etwas Schönes aufzuerstehen. Sie drängen, sie schieben, grölen, haben Flaschen in der Hand, von jeder Bar eine andere Volksmusik, links und rechts in Bierpfützen die ersten in ihrem Erbrochenen. Endlich einmal die Kontrolle abgeben. Nicht denken, nur nicht denken. Links ein Massagesalon. Das macht mir eine Mitteilung. Das kenne ich aus Thailand, ein klimatisierter Raum, wieselflinke Frauen, Ruhe. Ich ziehe Rasmus in den Salon. Verrückt und spontan. Wie wir es nie waren. Wir haben nie verliebt lachend in Gartenlokalen zwischen Rentnern getanzt, sind nie betrunken auf Baukräne geklettert. Wir sind mit dem Beginn unserer Geschichte ernst geworden, denn es ging um alles. Das wussten wir, mit Mitte zwanzig, als wir uns begegnet waren. Wir hatten nie Zweifel an uns. Da gab es kein Vielleicht, kein Warten auf nicht erfolgende Anrufe, keine Spiele, es war eine seriöse Angelegenheit. In den Jahren mit Rasmus sind mir vielleicht sechs Männer begegnet, in die ich mich früher verliebt hätte. In die ich mich verliebt habe. Ich habe sie gemieden, den Kontakt sofort beendet, weil ich Rasmus nie betrügen wollte. Weil ich nicht an uns zweifeln wollte. Weil es mir unerträglich gewesen wäre, ihn zu verletzen. Wäre. Gehabt hatte.

Wir schieben uns durch einen dieser Klimpervorhänge. Haben die eine korrekte Bezeichnung, diese Strippen, die einen überall berühren und bei denen ich immer an Herpes denken muss. Dahinter ein Warteraum mit vier roten Küchenstühlen. Gerade in dem Moment, da der ängstliche Tourist wieder fliehen will, kommt eine schöne, offenbar einheimische Frau mit freundlichem Lächeln und Getränken, die zart nach Mandeln riechen. Zyankali. Her damit. Wir sitzen auf den Stühlen, haben zwei Vollmassagen bestellt, der Behandlungsraum wird hergerichtet, was vermutlich meint, dass zwei dreckige Handtücher gegen weniger dreckige Handtücher ausgetauscht werden. Wir schweigen, trinken, schwitzen, starren die Wand an. Wie wäre ich mit jemand anderem geworden? Fragen sich das andere Menschen nie? Fragt Rasmus sich das? Ich sehe ihn an. Er hat Schweiß auf der Stirn, ich wische sie mit meiner Hand trocken. Die Frau hat verwegen große Füße, ich nehme den ersten Eindruck zurück, sie sieht ein wenig zu vulgär aus, um schön zu sein, bittet uns in den Massageraum, ein dunkles Zimmer, das rührend mit einigen Naturaufnahmen – Wasserfälle, Tannenbäume, Schnee – dekoriert wurde, als ob man damit einen westlichen Touristen zum Jubeln brächte. Die Frau fragt, ob wir irgendetwas wollen. Ich stelle sie mir tot vor. Keine Ahnung, was genau sie meint. Wir nicken, hocken auf den Liegen, ich betrachte die schmutzigen Handtücher, die Frau kommt mit zwei Wasserpfeifen zurück. Das sind doch Wasserpfeifen? Vielleicht einfach ein wenig Rattengift. Ich sehe zu Rasmus, er liegt halb auf seiner Pritsche und zieht an der Pfeife. Ich sauge an der Öffnung, ekle mich und bin zu benommen, um dem Ekel nachzugehen, wann beginnt die Massage? Ich huste. Oder die Wände beben leise.

Ein rothaariger Mann kommt in den Raum, in dem jetzt auf einmal ein Ventilator arbeitet. Warum ist der rothaarig? Ich habe eindeutig den Überblick über das Massagepersonal verloren. Frau und Mann ziehen mich aus, nicht dass es viel Aufwand wäre. Ich habe nur einen Rock und eine Bluse an. Dann liege ich mit dem Gesicht nach unten auf der sich bewegenden Pritsche. Eine gute Idee, denke ich, eine Pritsche, die sich bewegt wie Wasser. Rasmus scheint eingeschlafen, sein Kopf ist zur Seite gekippt, er sieht friedlich aus. Ich fühle mich wohl. Die Massage war eine hervorragende Idee. Die Hände des Masseurs an meinen Unterschenkeln, einen guten Griff hat der Mann, ein Top-Therapeut. Ein paar Bewegungen seiner Hände, und alles ist vergessen. Die Frage, wie wir aus dieser Nummer hier wieder herauskommen, stellt sich nicht mehr. Da ist nur das Rauschen des Blutes und der Körper. Das Licht ist dunkler geworden oder röter. Jetzt massiert einer der beiden mein Gesäß. Ich merke, dass mein Hintern verspannt ist. Ist er, was man unter verzagtem Arsch versteht? Rasmus schläft immer noch. Der Masseur ist mit einer Hand an meinem Rücken, mit der anderen am Hintern. Mit den Fingern in mir. Ich muss lachen. Wie meine Phantasie bei einer gewöhnlichen Massage meinen Lieblingspornofilm einspielt, ist bemerkenswert. Der Orgasmus geht in dem Rest meines Wohlgefühls fast unter. Dieser kleine Moment des Blutes in den Gliedmaßen, des Zuckens, löst sich auf in dem umfassenden Glück, am Leben zu sein. Hier in dem Raum, auf dieser Welt.

Der Masseur legt sich auf mich, ich weiß nicht, ob sein Penis in mir steckt oder wieder nur seine Hand, aber die Hände sind beide an meinem Nacken und Rücken, es kann sehr gut sein, dass ich mir alles einbilde. Ich möchte schlafen.

Rasmus hatte einen Blackout

Wir liegen in unserem Hotelbett, also werden wir Moped gefahren sein, das Fenster ist weit geöffnet, vielleicht wurden wir
bestohlen, egal, mir ist langweilig in einer so elementaren
Form, wie ich sie noch nie erlebt habe, jede Zelle ein schwarzes Loch. Jedes Körperteil beherbergt eine große Unruhe. Ich
möchte ihn in einen Wäschetrockner geben, besinnungslos
schleudern. Mir ist ein wenig kalt. Es ist fünf Uhr. Nachmittag?
Vormittag? Es ist zu hell draußen, also weder noch. Tot. Ich
schüttle das Handy. Kein Resultat. Ich stehe auf, in dieser seltsam unbeweglichen Art, die ich mir aus Untersuchungsgrün-
den einmal angewöhnt habe. Dieses Steifhüftige, das vielen
Menschen ab fünfzig zu eigen ist. Ich wollte wissen, wie es ist,
sich so zu bewegen, und welchen Einfluss es auf das Empfinden
hat. Ich bewege mich, als hätte ich ständig Angst zu fallen. Das
ist, was die Älteren so langsam macht – sie haben Angst, in ihr
Grab zu stürzen. Das macht sie böse, weil sie langsam sind und
wissen, dass sie verlorengehen werden, überholt von den Jüngeren, in der Evolution nicht mehr vorgesehen. Ich verstand
diese Wut und diese Angst hervorragend, denn ich war immer
feige. Egal ob in Deutschland oder Finnland, wo ich außer in
den Ferien eigentlich nie war, und das war gut. Ich hasse Finnland. Ausgelacht, Ausländer, zu klein, zu dünn. Ich war kein
glückliches Kind, ich kauerte in Ecken, ich war kein beeindru-
ckender Jugendlicher.

Chloe hat einen Lappen auf der Stirn. Woher kommt der?
Ich fühle nach ihrem Atem, er ist flach und kaum vorhanden,
aber sie lebt, der Puls ist gleichmäßig. Ich stehe wieder auf, mir

ist übel. Ich schaffe es vor das Hotel, das wie ein verdammtes Motel aussieht. Ein altes Paar, vermutlich Mitte vierzig, eiert über den vergilbten Rasen. Ein Gärtner redet leise mit seinem Wasserschlauch. Das Restaurant ist leer. Die Luft flirrt. Spricht alles für fünf Uhr Nachmittag. Irgendwann kommt Chloe. Fällt neben mir auf den Boden, starrt den Gärtner an. »Ist er tot?«, fragt sie. Ich nicke. Er wird wohl tot sein. Wie alles, was wir anfassen.

Chloe betrachtet die Umgebung

Ich hatte immer Angst. Als Kind vor dem Sterben. Als junge Frau davor, beim Sterben zu merken, dass ich mein Leben vertan habe. Dann davor, mein Leben zu vertun und zu sterben. Heute bin ich angstfrei. Mir ist zu übel, um mich zu fürchten. Ich bin zu unruhig, um über die Nacht zu reden. Vermutlich haben wir Opium geraucht. Oder etwas anderes, egal, wir wollen mehr davon. Wir brauchen mehr davon, bis wir wissen, was wir als nächstes machen. Wir sollten etwas essen. Sage ich. Rasmus steht auf, um sich zu übergeben. Hängen da wirklich bunte Glühlampen im Restaurant?

Rasmus macht blau

Vermutlich sitzen gerade fünfzehn junge kreative Menschen weinend vor der Mehrzweckhalle des Ortes und machen sich Sorgen um ihre künstlerische Laufbahn.

Chloe denkt über Orte nach

Die körperwarme Luft ist das einzig Angenehme hier, ich weiß zu genau, was in dieser jetzt unheimlich wirkenden Dunkelheit gebaut ist, als dass ich romantische Empfindungen haben könnte. Aber welcher Boden wartet schon darauf, dass zwei ältere Menschen die Flagge in ihn stoßen. Die Orte, an denen mir wirklich wohl war, hatten mit Jugend zu tun, mit Sex und Verliebtheit.

Ein Kiosk, das Meer rechts, die Pinien links, grüne Neonschrift am Himmel.

Das erste teure Hotel meines Lebens, dessen Namen ich nie vergessen werde, der Garten zugewachsen mit Pinien, und wie die duften in der Nacht, und wie die Grillen Geräusche machen, und ich am Fenster, und nicht wissen, was man mit so einer Nacht anfangen soll. Sie essen, vielleicht?

Morgens aus dem Bett stürmen und raus, und alles ansehen müssen, unbedingt, sofort, bis man Kopfweh bekommt.

Wie das war, als das Leben noch vor mir lag und ich dachte: Jetzt, jetzt geht das alles los. Mit der Liebe, mit Italien, und dass es sich immer so anfühlen würde.

Irgendwo am Meer waren wir tanzen, in dieser Art, dass man verschwitzt ist und fast tot, wie nach einem Marathon, in schwarzen Sachen, natürlich trug ich nur Schwarz, und früh am Morgen lagen wir neben einem umgestülpten Boot – an Venedig erinnere ich mich. Eine billige Pension und kein Geld mehr für Essen. Hungrig liefen wir durch die Stadt, und warum vergisst man das nicht, vergisst dafür die späteren gepflegten Reisen nach Venedig in Ferienwohnungen erwachsener

Freunde, Essen in teuren Restaurants, die nie mehr das Gefühl machen werden wie der Hunger auf das Leben damals.

Aber mit Rasmus. Was soll da neu beginnen, in alten Mustern, in alten liebgewonnenen Mustern, sollte ich anfügen. Ich presse mich an Rasmus, ich versuche die Liebe zu ihm durch Druck zu verstärken.

Rasmus will Rausch

Wir sitzen, warten, betrachten unsere Hände. Keine Mitteilung. Wir warten auf die Eltern, die uns Entscheidungen abnehmen, indem sie uns unter Drogen setzen. Der rothaarige Mann, den ich gestern durch einen Nebel wahrgenommen habe, begrüßt uns mit der Freundlichkeit eines Drogenhändlers. Abgeschnittene Combathosen, Bergschuhe, weißes Hemd, das sieht in einer Art gut aus, die ich nie erreichen werde. Auch wenn ich mir zehn Hüte aufsetze. Der Mann ist einer dieser Freaks, die es überall auf der Welt in Rucksacktouristen-Vierteln gibt, einer, der immer irgendwelche Geschäfte macht. Kleine Deals, Schwarzmarkttickets, immer mit den hübschesten Touristinnen zusammen. Vermutlich hat er sich eine Einheimische geschnappt, lässt sie arbeiten, während er die Kunden mit Drogen versorgt. Ich verachte diese oberflächlichen, braungebrannten Arschlöcher mit ihrer Sorglosigkeit. Die mit siebzig noch gut aussehen werden, umgeben von paar unehelichen Kindern, in einer Finca auf Ibiza. Der hat doch in seinem Leben nichts weiter gewollt, als nichts zu wollen. Guter Satz. Hast du einen Stift, frage ich Chloe. Sie hört mich nicht. Ein Bild von gestern taucht auf. Es bleibt unscharf. Es ist rot. Die eingeborene Frau reicht uns ein Getränk, wieder riecht es nach Mandeln, wieder wird es Spuren von Gift enthalten. Ich sehe den Therapieraum, gestern war mir alles verschwommen. Auch kein Verlust. Der Versuch, mit den Mitteln freundlicher Esoteriker eine Wellnessoase zu gestalten. Ein paar Lilien, ein Buddha, Räucherstäbchen. Ein Tuch mit Mandala-Druck, der Zinnober, mit dem Menschen ihre Spiritualität zur Schau stel-

len. Habe ich schon einmal über spirituelle Menschen nach-
gedacht? Meist die verspanntesten Gestalten. Weil sie sich im
Recht wähnen. Die Füße der Frau sind riesengroß. Keine Ah-
nung, warum mir das auffällt. Wir legen uns wieder auf unsere
Massagebänke. Die Wasserpfeife kommt, und nach dem ersten
Zug vergesse ich zum Glück meine langweiligen Gedanken.

Chloe denkt über Magenfalten nach

Ich habe nur einmal an der Wasserpfeife gezogen, die vielleicht keine Wasserpfeife ist, ohne zu tief zu inhalieren. Um zu untersuchen, ob Rauschgift eine Alternative zum Leben sein kann. Das Verschwinden des Zeitgefühls, die Übelkeit am nächsten Tag, die Wärme und die vollkommene Bedürfnislosigkeit. Aus der man nicht mehr erwachen möchte. Alles, was ich in diesem sehr langsamen Internet hier fand, deutet darauf hin, dass wir Opium geraucht haben.

Ich bedaure, dass ich diesen Zustand der Bedürfnislosigkeit nicht ohne Hilfsmittel erreichen kann. Und dass ich darüber nachdenke, spricht für den Erfolg meiner heutigen schwachen Dosierung. Unser ständiges angebliches Denken, die Subtexte, die immer mitlaufen, der Versuch, uns in die Welt einzuordnen und in Frage zu stellen.

Mir fehlt immer etwas. Zu kalt, zu warm, zu ruhig, zu laut. Den perfekten Moment kenne ich nicht, ich bin noch nie mit meiner Umgebung eins gewesen, eine leise Unzufriedenheit ist immer da, an die ich mich so gewöhnt habe, dass mir erst gestern aufgefallen ist, wie es ohne sie wäre.

Die einheimische Frau streicht am ohnmächtig wirkenden Rasmus herum.

Ich war noch nie eifersüchtig. Nicht auf Rasmus. Mein Therapeut taucht auf. Gestern habe ich nur seine Haare wahrgenommen – lang, lockig, rot. Der Mann ist klein, sein Körper fest, kompakt, muskulös, bedeckt mit weichem, rötlichem Flaum, den man nur sieht, wenn man zehn Zentimeter von ihm entfernt ist. Perfekte stämmige Beine.

Der Masseur sieht mich an, eine kleine Unsicherheit, als er lebendige Teile in meinem Blick entdeckt, er beginnt meinen Hals zu massieren, die Schultern, mit trockenen, perfekt temperierten Händen. Ich sehe zu Rasmus, der komplett weggetreten ist. Und vergesse ihn. Das Gesicht des Masseurs nähert sich meinem, er riecht nach etwas Vertrautem, seine Haut ist braun und mit Sommersprossen bedeckt, seine Haare fallen mir ins Gesicht, weich, gut riechend, sein Mund auf meinem Hals, seitlich beißt er sanft zu, ein schneidender Krampf in meinem Unterleib, ich habe vergessen zu atmen, ziehe an der Wasserpfeife, der Masseur nimmt auch einen Zug, wenigstens scheint es kein Rattengift zu sein, und legt sich neben mich auf die Massagebank. Ziemlich guter Kundenservice hier, sage ich und fange an zu kichern. Der Mann kichert auch, und wir fangen an, uns zu küssen. Und es ist mir nicht unangenehm, wie mir küssen meist ist, seine Zunge stößt in meinen Mund, schnell, ohne das sonst übliche Geschliere der Zungen. Er penetriert meinen Mund. Rasmus ist immer noch nicht vorhanden, ich hoffe, es geht ihm gut da, wo er ist. In Wellen höre ich die furchtbare Musik, vielleicht etwas mit Delphinen, und muss wieder lachen. Der Masseur hat die Arme neben meinen Kopf gestützt und schaut mich an. Eine große gebogene Nase, ein Mund, der von Falten eingerahmt ist, die links und rechts der Nase entlanglaufen. Dustin Hoffman hatte solche Falten. Er lässt sich langsam auf mich sinken und ist so weich, wie ich es erwartet hätte, hätte ich erwartet, ihn zu berühren. Ich streiche mit meinen Fingern die Falten um seinen Mund, mein Finger verschwindet in seinem Mund, er saugt an ihm, ich drücke mich gegen ihn. Partnermassage. So geht das also, darum sind Paare so verrückt danach. Ich schiebe seinen Körper von meinem. Und es wird kalt im Raum. Ich muss ihn wieder an mich ziehen, dagegen ist doch nichts zu sagen. Ich knote meine Arme und Beine um ihn, ich möchte ihn verschlucken, um ihn in mir zu haben. Ich spüre seinen Schwanz durch den Stoff seiner Hose und fühle mich, als stünde ich vor einem hundert Meter hohen Hochhaussockel und würde am Springen gehindert. Geh nicht. Sagt der Masseur, der vermutlich ein Touristinnenficker ist, und ich stehe auf, ich ziehe mich an, ich taumle gegen die Wand, Rasmus blickt nicht auf. Neben dem Eingang der Massagepraxis, des kleinen Fickstudios, sinke ich zusammen, ich kaure in einer Bierpfütze, ich weine, ohne eine Anstrengung zu unternehmen. Irgendetwas ist kaputt. Für immer, und ich habe keine Ahnung, was die Erkenntnis meint.

Slash

Rasmus hat einen Kater

Hattest du –

Pause

– Spaß gestern?

Chloe antwortet nicht, sie liegt neben mir, es ist Mittag oder Nachmittag und zu hell. Ich habe das Zeitgefühl aufgegeben. Ich habe alles aufgegeben. Vergessen, was ich hier wollte. Ich stinke. Ich schwitze, die Drogen haben anders gewirkt als in der Nacht zuvor. Mächtiger, ich war weggetretener und wurde dann irgendwann mit einem Schüttelfrost geweckt, Chloe war nicht mehr im Raum, und ich sah in die gelangweilten Augen der Frau, die über mein Bein strich, als wären Flusen darauf.

Danach fehlen mir wieder alle Erinnerungen an den Rückweg. Chloe sitzt auf der Bettkante, Meilen entfernt, ich greife nach ihr. Sie muss mir sagen, was ich jetzt tun soll. Sie muss sagen: Komm, Rasmus, alter Hase, lass uns hier abhaun, vergiss die Tickets, wir kaufen neue, wir gehn heim, legen uns in die Badewanne, lassen uns was vom Chinesen kommen und schreiben Listen. Das hat uns immer geholfen. Listen mit Möglichkeiten, dafür dagegen, Ausschlussverfahren, Versuchsanordnungen. Los, Chloe, sag was. Ich nehme Chloes Hand, mir ist übel. Sag was, bitte.

Ich möchte die letzten Tage allein sein.

Sagt Chloe und sieht mich nicht an. Sie steht auf und geht ins Bad und lässt mich mit diesem Worträtsel zurück. Wie, allein sein? Im Bad? Allein im Hotel, will sie ein eigenes Zimmer? Um da – was zu machen?

Was, verdammte Hacke, meinst du damit, brülle ich ins Bad,

doch sie hat die Dusche auf voll Regenwald gedreht. Ich sitze zitternd auf dem Bettrand, ich meine Pfützen um meine weißen Füße zu sehen, das ist mein Charakter, da schwimmt er weg.

Chloe kommt aus dem Bad, zieht sich an und packt ihre Reisetasche. Ich werde panisch; ich weine. Warum weinen wir hier andauernd? Was passiert mit uns. Chloe ist beherrscht, sie war noch nie so schön. Irgendwas ist mit ihren Haaren passiert, und sie trägt Make-up. Sie sieht stark aus. Und fremd.

Sie schließt den Reißverschluss der Tasche. Das Geräusch wird mich in den Sarg begleiten.

Ich möchte nur noch ein paar Tage allein sein, nichts Verrücktes. Das tut uns gut. Es geht nicht gegen dich, ich brauche nur einfach mal einen – sag jetzt nicht Abstand, denke ich … Abstand, sagt Chloe, sie streichelt mich wie ein Haustier. Wir treffen uns am Flughafen, sagt sie und schließt die Tür von außen. Ich habe ein Loch in meinem Körper, da, wo normalerweise die Gefühle in geordneten Zuständen wohnen, der Schock dauert vielleicht zwei Stunden. Mir ist kalt, mein Gehirn funktioniert nicht mehr, das Herz rast, mir ist schwindelig. Irgendwann weicht der Zustand einem anderen, der mit Wahnsinn zu tun hat.

Chloe geht

Ich kann nicht eine Sekunde länger in diesem Hotelzimmer sein, die alten Matratzen betrachten, die nach Hoffnungslosigkeit riechenden Vorleger, die halb abgerissenen Gardinen, wenn ich hier noch eine Sekunde bleibe, mit Rasmus auf dem Bett, mit mir steif daneben, wird mein Kopf mit einem leisen Geräusch von meinem Hals geschleudert, wird mein Körper in der Mitte durchreißen, werde ich schreien und nie wieder aufhören.

Ich brauche Abstand. Sage ich.

Die Erleichterung erfolgt direkt. Fast stolpere ich aus dem Raum, aus dem Leben, aus der Verantwortung. Ich stehe an der Rezeption, lasse mir ein Taxi kommen und habe Angst, dass Rasmus auftaucht und mich anfleht zu bleiben. Ich kann das jetzt nicht. Nicht reden, nicht denken, nicht bleiben. Irgendetwas ist geplatzt, und ich muss meine Organe wieder in die Bauchhöhle stopfen. Ich lasse mich in den Ort fahren. Ich denke nicht. Später. Später.

Chloe ist außer sich

Bei Tageslicht ist die Straße nächtlicher Ausschweifungen noch
abstoßender. Werbeplakate für Insektenvernichtungsmittel, geschlossene Tresen, Müll und Pfützen. Pappschilder hängen aus
traurigen Fenstern, als würden die Kakerlaken hier selber die
Urlaubsunterkünfte anbieten. Unweit des Massagesalons, in einem dieser gelben, unverputzt wirkenden Gebäude, die hier
ruinengleich mit zu großer Helligkeit ausgeleuchtet werden, ist
ein Zimmer zu mieten. Es wird so schlecht sein wie alle anderen. Eine stark nach Schweiß riechende Frau, die den Kiosk
im Haus betreibt, Trockenfleisch? von wem? und das Zimmer
vermietet, zeigt mir den Raum, der nach Desinfektionsmitteln
riecht. Es hat einen Balkon, sagt die Frau stolz. Der Balkon, mit
toten Insekten und Klimaanlage gut gefüllt, lädt nicht zu mit-
täglichen Sonnenbädern bei 50 Grad ein. Das Zimmer verfügt
über eine Neonleuchte an der Decke, eine Duschkabine mit
Schimmel und eine Wolldecke über einem Bett, dessen Matratze ich nicht besichtigen möchte. Ich werde sie verbrennen,
die Neonröhre aus der Verankerung reißen, danach werde ich
die Klimaanlage vom Balkon werfen. Um im Anschluss auf
dem Bett zu sitzen, das es nicht mehr gibt, denn ich werde es
zertreten haben.

Ich sitze auf dem Bett, ich habe nach einigen Tritten aufgegeben, es zu zertrümmern, sitze auf dem Balkon, also auf der
Klimaanlage, ich betrachte die Straße, die Wand, die Lampe,
mich im Spiegel, ich sehe nichts. Ich mache mich zur Idiotin.
In diesem Zimmer, in dem normalerweise Geschlechtsverkehr
praktiziert wird, auf jeden Fall riecht es so, in diesem Ort, der

in der Mittagshitze zu verwesen scheint. Zwei müde, betrunkene Weiße torkeln aus einer 24-Stunden-Bar, kleine Lieferwagen bringen Nachschub für die Nacht, die Sexarbeiterinnen haben Kinder an den Händen und kaufen ein. Ich räume meine Tasche aus, werfe mein altes Leben weg, die Twinsets und Slipper mit Troddeln, Bermudas. Eine ungetragene schwarze Hose und ein schwarzes T-Shirt, ich hatte es für den Fall einer Slumbesichtigung eingepackt. Es ist nicht klar auszumachen, wo der Slum anfängt.

So wie ich weiß, dass meine Verstimmungen oft auf eine Erkältung oder einen Wetterumschwung zurückzuführen sind, ist mir auch klar, dass mein Zustand jetzt Hormonen geschuldet ist, die mich zu einer Paarung führen wollen. Aber es hilft nichts. Es hilft doch nichts, mir zu sagen, dass chemische Prozesse in meinem Körper stattfinden, wenn ich nicht einmal in der Lage bin, die euphorischen und verzweifelten Wellen, die mich im Minutentakt erreichen, besonnen zu überleben. Früher, vor über zwanzig Jahren, habe ich mich so gefühlt. Es ging nie gut aus. Diese vollkommene Verblödung geht nicht gut aus, es endet immer in einem Desaster, einer Enttäuschung, einer Trauer. Es endet damit, dass man die Fensterscheibe küsst, Namen flüstert und auf den Frühling wartet.

Der macht seit Jahren nichts mehr mit mir, dieser Frühling, der früher immer mit Hoffnung auf Außerordentliches verbunden war.

Ich muss raus. Auf der Straße stehen, dem Zufall nachhelfen. Ihn treffen, ihn abfangen. Ich kann kein Objekt fixieren, meine Augen zucken, oder die Nerven über den Augen, Kinder verstecken sich. Ich fliehe vor mir in einen Friseursalon, in dem zwei ratlose einheimische Frauen meine zart mit Strähnen durchsetzten Haare betrachten, und verlasse ihn als dunkelhaarige Darstellerin einer nordländischen Krimi-Trilogie.

Mehr ist nicht zu tun. Ich gehe zurück in mein Zimmer, in dem es jetzt, gegen Mittag, so absurd heiß ist, dass auch die Klimaanlage nichts dagegen ausrichten kann. Das neue, etwas lächerliche Aussehen sagt mir nichts, ich starre mich im Spiegel an, ich zucke unkontrolliert, meine Finger zittern, meine Knie sind nicht mehr verstärkt, die Beine knicken beim Laufen weg. Wüsste ich den Namen des Mannes, könnte ich ihn auf Zettel schreiben. Mich schämen, Angst haben, jemand könne den Zettel sehen, den Namen durchstreichen. Ich habe nichts, was ich küssen kann. Keine SMS, keine Tätowierung, kein Organ, das ich ihm entnommen habe.

Ich bin mir nicht mehr sicher, ob es ihn gibt. Wie er bei Licht aussieht. Ob er mich überhaupt erkennt. Und in einer kurzen Sekunde unzureichender Klarheit weiß ich, dass ich wegen einer Idee hier bin. Wegen einer Geilheit habe ich meinen Mann im Stich gelassen. Doch der Gedanke führt ins Nichts, ich kann nicht zurück.

Diese Art des Verliebtseins fühlt sich an wie Todesangst. Die Panik ist ähnlich der, die einen bei Unwetter in einem Flugzeug handlungsunfähig macht. Ein Zustand, in dem alles möglich ist, aber ein Absturz das Naheliegende. Nicht hoch genug, der Balkon, auf dem ich die Dämmerung beobachte, und die Menschen, die unten langsam die Straße füllen, mit Konzentration kann ich sie riechen. Zu viel Parfüm an Stellen, die dafür nicht vorgesehen waren. Die anderen.

Die Masse, die Bevölkerung, zu der man nie gehört, die man ironisch beobachtet. Die Bücher über das geheime Leben wollüstiger Professorinnen lesen, die erregt an sich nesteln, wenn ein nackter Arsch in einem Film zu sehen ist oder über einem Text die Headline steht: »Sex: Skandal«. In den Köpfen laufen Porno-Endlosschleifen, in Beziehungen verbarrikadieren sie ihre Genitalien gegen das Eindringen fremder Mächte. Keiner hat Geschlechtsverkehr, oder genug oder aufregend, alle sind gelangweilt in ihren Lebensentwürfen, aus denen sie nicht mehr herauskommen werden, weil ihnen nichts anderes einfällt, sie zu träge sind, Kinder haben, eine Wohnung abzahlen müssen, und die einzige Hoffnung auf Veränderung kommt aus dem Genitalbereich. Da ist ein aufgeregtes Klopfen zu vernehmen, das etwas komplett Verrücktes verheißt. Eine Leidenschaft. Einen Außerirdischen, der alles ändert, der die Angst vor dem Tod unter Hormonen begräbt. Wir wollen ficken, weil wir nicht sterben wollen.

In derselben Minute sitzen vermutlich eine Million westliche Touristinnen in irgendwelchen Bumsbuden und warten auf einen einheimischen Mann oder eine Frau. Wegen der inneren Werte.

Ich bin seit einigen Stunden von dem Menschen getrennt, der mein Leben war. Und ich kann mir nicht einmal mehr vorstellen, wie Rasmus gerochen hat.

Rasmus will von sich entfernt werden

Am Meer gelegen, Sonnenbrand bekommen. Im Meer gestanden, an Ersäufen gedacht, mich mit dem Gesicht ins Meer gelegt. Wieder aufgestanden wegen Sauerstoffnot. Stunden abgesessen, abgeglotzt, in den Himmel, der aussieht wie zu heiß gewaschen, die träge schlurfenden Menschen, die gelangweilten Angestellten. Mittags zur Massage gegangen, genervt von der Berührung. Spezialmassage in der Mitte abgebrochen, das würde sowieso nicht mit einer Entspannung enden.

Wie halten wir das aus, wie halten das alle aus, ohne wahnsinnig zu werden, diese Demütigung des Todes, warum schreien wir nicht ununterbrochen und heulen, weil wir nicht sterben wollen. Weil wir nicht leben wollen, wenn wir doch wissen, dass alles so albern begrenzt ist. Wozu stehe ich auf, denke an meine vorübergegangene Karriere. Es wird nichts bleiben. Ich bin so erschöpft, dass ich nur mehr leise wimmere. Ich bin so müde, dass ich unsere zwanzig Jahre nicht einmal nach Anzeichen der Krise untersuchen kann. Jeder Schritt tut mir weh. Ich bin mir sicher, dass ich nie wieder an etwas Freude haben kann. Dass ich alleine gut gelaunt einschlafen werde, ist unvorstellbar. Warum muss ich weitermachen, wo ich für niemanden nützlich bin. Kein Kind, keine Familie, keine Fans, keine Freunde, nur Chloe ist da. War da. Meine Einsamkeit ist so fundamental, wie ich sie noch nie erlebt habe. Diese verdammte Liebe, die wir suchen, nachdem uns Mutter verlassen hat, ich habe sie gefunden. Verloren. Chloe, du dämliche Kuh, wo steckst du jetzt mit deiner beschissenen Selbstfindung?

Chloe sucht Erlösung

Ich sollte mich um Rasmus sorgen. Aber ich schaffe das nicht, denn ich bin wütend auf ihn. Weil er da ist. Weil er mich stört. Weil er mich beschämt. Weil er irgendwo sitzt, auf mich zählt, weil er meine heilige Erregung nur durch seine Anwesenheit in meinem Leben zu dumpfer Geilheit werden lässt. Dabei geht es mir um etwas, das zart ist, das mich golden macht, und meine Sehnsucht wird so groß, dass sie in dem Zimmer keinen Platz mehr hat. Ich muss runter, raus, muss in diesen Massagesalon gehen und ihn sehen. Nur einmal. Kein Plan. Ich muss ihn sehen, und alles wird sich aufklären. Ich stehe vor dem Geschäft und wage nicht einzutreten. Dieser kleine, dreckige Laden, im Sonnenlicht erbärmlich, scheint zu strahlen. Hinter der Tür wartet etwas Großartiges. Ich habe vollkommen vergessen, dass jeder Mann sehr schnell sein Geheimnis verliert, wenn man mit ihm einige Zeit verbringt. Dass dieses gefährliche Versprechen, das ein unbekannter Sexualpartner verheißt, sich nie erfüllt. Eine Ladenglocke, ich habe die gestern nicht gehört, Staub im Sonnenlicht, der muffige Geruch verschwitzter Körper, in diesem erstaunlich schäbigen Raum, in den die Frau mit den großen Füßen geschlurft kommt. Sie sieht mich nicht freundlich an, warum sieht sie mich nicht freundlich an, ich bin doch eine Kundin, nicht wahr, eine ganz normale Kundin, die eine Rückenmassage will. Von dem Masseur. Entschuldigung, arbeitet er heute nicht? Nein, sagt die Frau, für Sie arbeitet er hier nicht mehr. Die Frau, bei Tageslicht wirkt sie ein wenig verlebt, sieht mich mit Ekel an, vielleicht ist es auch Verachtung. Warum tut sie das, ich möchte doch nur eine Massage. Nein, ich möchte ihren Mann. Ich weiß es, und sie weiß es. So etwas ist immer klar. Ich nicke, gehe, schwanke aus dem Laden zurück in mein Zimmer, um die Straße zu beobachten. Nach drei Stunden, das Licht ist verschwunden, die Straße von Laternen und Reklame erhellt, sehe ich ihn. Die Haare als erstes. Ich denke nicht. Ich schreie. Der Mann hebt seinen Kopf. Er sieht mich kurz an und wendet sich ab, als ob er mich noch nie gesehen hätte.

Rasmus betrachtet seine Leibwäsche

Ich wirke vermutlich wie einer, der seit zwanzig Jahren in einer Höhle auf Gozo gehaust hat. Es interessiert nur niemanden. Jede Aussage, die ich mit meiner Verwahrlosung mache, verpufft in Ermangelung eines Menschen, den sie interessieren könnte. Also rede ich mit mir, betrachte mich, auf den Beckenrand gestützt. Wenn ich mir das Haar nicht aufwendig und zugleich kunstfertig über die Platte in der Mitte klebe, fällt es links und rechts lang herunter, offenbart eine fettglänzende Glatze, im Dialog zu stoppeligem Bartwuchs. Augenringe, die Haut uranverstrahlt. Gelb, faltig. Wann ist das passiert? Warum habe ich den Verfall nie wahrgenommen? Ich bediene kein Klischee. Dazu bin ich wirklich nicht angetreten, um jemandes Klischee zu erfüllen. Interessiert auch keinen. Ich bin komplett unsichtbar. Das ist doch die wirkliche Erfahrung im Ausland für uns europäischen Selbstoptimierer, dass wir überall auf der Welt unsichtbar sind. Und der Rückschluss liegt nahe, dass ich es auch zu Hause bin. Wie Glas, durch das sexuell attraktive junge Menschen sehen. Da begehrt mich keiner, weil er mir Respekt entgegenbringt. Ich spucke bei dem Wort Respekt.

Das ist doch, was all diese Oligarchen mit ihren teigigen Leibesmitten wollen: gesehen werden. Das erkaufen sie sich. Da springt das Personal. Da schmiegen sich die langbeinigen Stuten an die Motorhaube. Frauen und Geld, hör mir doch auf. Also was machen wir, Angehörige einer untergegangenen intellektuellen Elite, mit unserer Midlifecrisis und unseren Pimmeln, die nicht mehr stehen? Die Zeit, in der junge Frauen einen Sartre begehrten, ist doch definitiv vorbei. Literatur-

Groupies. Ich lache. Bitter. Ich trinke noch einen Schluck und betrachte meine Füße, mit diesem seltsamen, alkoholbedingten Nähe-Ferne-Filter. Diese Füße wollen mir etwas mitteilen.

Vor dem Hotelzimmer außer ein paar Hunden keine Feindbewegung. Am Speiseraum vorbei ins Meer, liegen, auf eine Welle hoffen. Ich liefere mich den Gezeiten aus, mit dieser Verwundbarkeit, mit der Mütter ihre Frischgeborenen in die Arme eines Fremden legen, um zu sagen: Ich vertraue dir. Ich vertraue dir, Meer, du wirst das Richtige tun. Nach geraumer Zeit wache ich auf, übergebe mich, bin wieder müde, habe Kopfschmerzen, langweile mich mit meinen dumpfen Körperbetrachtungen, trinke, gehe zu Tisch, sitze an der Bar, trinke unter dem Tisch den Whiskey aus dem Supermarkt, auf dem Tresen steht Mineralwasser mit Zitronenscheibe. Ein Nickerchen. Dann fahre ich in den Touristenort, da waren Chloe und ich noch Chloe und ich. Ich bin so unendlich wütend auf sie. Auf das Alter, das einem Mann keinen Respekt zubilligt, auf den Kapitalismus, auf die Ausländer, ich bin so wütend und bitter, wie ich es bei anderen alten Männern immer belächelt habe.

Beim Parken des Mopeds falle ich zweimal hin. Mein Knie blutet. Ich versuche, den »Spiel mir das Lied vom Tod«-Song zu pfeifen, spucke mich dabei aber nur voll. Ich glaube nicht, dass ich unbedingt mehr Alkohol brauche, aber ein Drink wäre nicht schlecht. Ein wenig Unterhaltung wäre nicht schlecht. Sexuell ist mir auch, aber ich bin schon wieder gestolpert. Besser, ich lehne mich kurz an und warte, bis das Schwindelgefühl nachlässt.

Ich komme zu mir, blicke in Erbrochenes, eine Ratte rennt über die Straße, es kann aber auch ein Kätzchen sein, es ist ein seltsames Dämmerlicht, auf der Straße stehen die beiden Massagetherapeuten von gestern. Die Frau küsst den Mann. Ich übergebe mich erneut.

Chloe rudert mit den Armen

Auf der Straße ist unterdessen eine Frau zu dem Masseur getreten, deren Füße palmengroße Schatten werfen. Sie hebt ihr Gesicht in meine Richtung, gestikuliert, sie schüttelt ihn, zeigt zu mir, da wird wohl gestritten. Die beiden beruhigen sich, umarmen sich. Er küsst seine Geschäftspartnerin, mit der er vermutlich sechs Kinder und einen Bausparvertrag hat. Die Welt geht unter. Ich stehe auf, schramme mit dem Schienbein die Klimaanlage, falle, sitze am Boden, wünsche mir ein Erdbeben, das mich mir abnimmt. Auf dem Teppichboden sind Flecken, die Umrisse von Kontinenten darstellen. Am Himmel fliegen Flugzeuge, die dicke Chemtrail-Wolken auf die Erde ablassen. Ich werde hier kauern, bis es hell wird, dann werde ich zu Rasmus zurückgehen. Und nun der Satz laut: Ich werde zu Rasmus zurückgehen. Aber nicht sofort. Jetzt kann ich mich nicht bewegen. Meine Nase auf dem Teppich, der nach Dreck unter einer Schicht Chemikalien riecht. Willkommen in der letzten Etappe deines Lebens, Frau. Da hatte ich gedacht, der nahende Abschied von der Welt würde mir automatisch zu Würde verhelfen. Fernab jeder Körperlichkeit meinen Leib mit Kleidern verhängen, in Bibliotheken lesen und Rotwein trinken, und nun liege ich in einer Absteige auf dem Boden, weil eine Art Urlaubsanimateur auf der Straße mit einer Einheimischen, die vielleicht seine Frau ist, umschlungen steht. Weil ich mich in diese vollkommen absurde Lage gebracht habe, um noch einmal jung zu sein. Dieses Jungsein, von dem wir immer mit Nachdruck abstreiten, es nochmals zu wollen. Um Himmels willen, nur nicht noch mal jung, sagen wir. Und es ist doch gelogen. Wir wollen noch einmal brennen, noch einmal fliegen. Ich bin ihr alle. Denke ich, ihr alten armen Weiber, die sich in jamaikanische Strandboys verlieben oder die Callboys in Hotelzimmer bestellen. Die verdammte Pornos sehen und sich einen runterholen. Verzweifelt an ihrem alten Körper reiben. Mein Oberschenkel liegt wellenförmig auf dem Teppich mit Kontinentmuster auf. Noch mehr Selbstmitleid wäre Ekel.

Chloe öffnet ein Geschenk

Der Masseur streicht mir Haar aus dem Gesicht. Er geht an mir vorbei, hängt ein Tuch über eine traurige Nachttischlampe, öffnet die Fenster, schließt Fliegengitter, um deren Existenz ich nicht wusste. Er bewegt sich so selbstverständlich in meiner Anwesenheit, dass keine Peinlichkeit entsteht. Dieser Mann weiß, was er tut, und ich bin zu aufgeregt, um mich zu fragen, woher. Draußen scheppert etwas, vermutlich ein mechanischer Hund, das Licht einer gelben Laterne, eines großen Fernsehers oder eines Waldbrandes und ein wenig kühle Luft, die nach Moder riecht, erfüllen den Raum. Ich heiße Benny, sagt der Mann, und ich habe endlich einen Namen, um ihn auf Zettel zu schreiben, die ich dann verschlucken kann, endlich die Silben, die ich mir in den Arm tätowieren und in Bäume ritzen kann. Benny nimmt mich, die ich immer noch in der Tür stehe, an der Hand, führt mich zur Dusche. Er zieht sich aus. Er zieht mich aus. Er nimmt die Seife in die Hand, befeuchtet sie, streicht sich über die Brust, die behaart ist, breit, perfekt geformt, über den flachen Bauch, zwischen die Beine, an den Schenkeln hinab. Benny ist nicht groß, in einer stämmigen Art perfekt gebaut, die Muskeln ausgeprägt, als würde er viel im Freien arbeiten. Ich habe selten einen für mein Empfinden so perfekten Leib gesehen. Benny beginnt mich einzuseifen. Langsam, vorsichtig. Er fährt mit den Händen über meinen Körper, sieht mich an dabei, er umschließt meine Brust mit seiner Hand, streichelt mich, er berührt meine Beine, meine Arme, mit dem Mund, mit den Händen. Sein Atmen ist frisch, sauber, das Wasser ist kalt, mein Verstand beruhigt sich, die Angst fließt ab, die Verspannung, der Wahnsinn. Im Zimmer ist es klar geworden, das Licht gelb und sanft, so hat es hier noch nie geschienen, selbst das Bett wirkt sauber, das Bett, auf dem wir liegen, eine Insel geworden. Benny umarmt mich, und es sind die Berührungen, von denen ich die letzten zwanzig Jahre geträumt habe. Weil sie mehr waren als Hände auf mir. Weil sie hungrig machten, und wahnsinnig. Meine Haut schmerzt vor Erregung. Benny, ich flüstere, Benny. Ein neuer Mensch, ein Geschenk, von dem ich nicht weiß, ob ich es behalten kann. Neue Haut, wie lange habe ich keine mehr angefasst. Ich nehme seine Haare in den Mund, seinen Mund in den Mund, lecke seine Finger ab, streichle seine Füße. Ich habe mich verliebt. Sagt er, vermutlich, ich bin mir nicht sicher, sein Englisch ist unklar. Er küsst meine Augen, leckt meine Nase, er hat zwei Finger in mir. Ich liebe dich, denke ich, ich drücke mich in ihn, und er reibt meine Klitoris, als würde ich es selber tun. Er schiebt sich in mich. Es ist der perfekteste Moment meines Lebens. Oder ich habe die anderen vergessen. Dann wird es hell.

Chloe wird Beobachterin
einer handfesten Tragödie

Bennys Mitarbeiterin steht in einer Neonlicht-Aureole in der Tür. Die Aktionen erfolgen zu schnell, als dass mein langsames, hormonüberschwemmtes Hirn sie in verständliche Bilder zerteilen könnte. Benny wird aus dem Bett gerissen, oder fällt? Ich bekomme eine Ohrfeige, oder auch nicht? Die Frau schreit. In Englisch? Benny nimmt seine Kleider, er nickt mir zu und verlässt den Raum mit der Haltung eines ertappten Mannes. Die beiden werden wohl ein Paar sein. Das sich jetzt ausspricht, versöhnt und zusammen nach Hause zu den Kindern fährt. Ich kann dazu jetzt nicht auch noch Gefühle entwickeln. Man verlässt nicht jeden Tag seinen Mann nach zwanzig Jahren Ehe, man verliebt sich nicht jede Woche und hockt in einem Absteigezimmer in der Dritten Welt, in meinem Alter. Man hat nicht alle Tage den fast besten Sex seines Lebens.

Benommen sitze ich auf dem Balkon; glasig, ohne Details zu erkennen, schaue ich auf die Straße, wo Leuchtreklamen, Touristenhorden und Musik zu etwas verschwimmen, das mir im Moment zu viel ist.

Das war es jetzt also. Das letzte Mal Rausch. Vermutlich muss die Nacht für den Rest meines Lebens ausreichen als Bebilderung von Unendlichkeit. Ich habe doch jetzt schon so viel vergessen. Die Küsse habe ich mir gemerkt. Aber wie sahen seine Zehen aus? Wie genau war der Geruch von seiner Haut und frischer Seife, das Wasser, wie hat es gerochen, als es auf seiner Haut verdunstete. Es ist inzwischen Morgen geworden, orange verschwommen. Ein Licht, das es zu Hause nicht gibt. Das exotisch wirkt und etwas verspricht, was der Tag nie einhält. Vor drei Monaten sind wir um fünf gelandet. Wir waren euphorisch, und jetzt …

Kann ich mich nicht mehr daran erinnern, wie Rasmus klingt, sondern denke an Benny, der hinter einer Frau, die nicht ich bin, mein Zimmer verlassen hat. Sie kennt ihn, hat ihn im Schlaf beobachtet, gepflegt, wenn er krank war.

Ich wünsche ihn mir krank in meinem Bett und denke an die Fliegen, die ich als Kind leicht angeschlagen habe, um sie danach zu pflegen. Um sie von mir abhängig zu machen. Deren tote Leiber ich in Folge einsammelte. Ich umarme das Kissen, ersticke mich darin. Ich wünsche mir Benny hier. In diesem Zimmer, ohne Gliedmaßen, damit er nicht weg kann. Ich würde ihn immer lieben und die roten Haare auf seinem Körper streicheln, seine Wimpern ablecken. Ich verstehe das, diesen Wunsch, einen anderen essen zu wollen, ihn in sich zu haben. Es kann aber auch einfach sein, dass ich verrückt geworden bin.

Rasmus wacht kurz auf

Geschlafen bis jetzt. Aufstehen. Urinieren. An Chloe denken. An unseren ersten Urlaub denken. Das sind diese Rückblickfilme, die man Sterbenden zuschreibt.

Ein Kiosk, das Meer rechts, die Pinien links, grüne Neonschrift am Himmel.

Das erste teure Hotel meines Lebens, dessen Namen ich nie vergessen werde, der Garten zugewachsen mit Pinien, und wie die duften in der Nacht, und wie die Grillen Geräusche machen, und ich am Fenster und gar nicht wissen, was man anfangen soll mit so einer Nacht. Sie essen, vielleicht?

Morgens aus dem Bett stürmen und raus, und alles ansehen müssen, unbedingt, sofort, bis man Kopfweh bekommt.

Wie das war, als das Leben noch vor mir lag und ich dachte: Jetzt, jetzt geht das alles los. Mit der Liebe, mit Italien, und dass es sich immer so anfühlen würde.

Irgendwo am Meer waren wir tanzen, in dieser Art, dass man verschwitzt ist und fast tot, wie nach einem Marathon, in schwarzen Sachen, natürlich trug ich nur Schwarz, und früh am Morgen lagen wir neben einem umgestülpten Boot – an Venedig erinnere ich mich. Eine billige Pension und kein Geld mehr für Essen. Hungrig liefen wir durch die Stadt, und warum vergisst man das nicht, vergisst dafür die späteren gepflegten Reisen nach Venedig in Ferienwohnungen erwachsener Freunde, Essen in teuren Restaurants, die nie mehr das Gefühl machen werden, wie der Hunger auf das Leben damals.

Ich nehme Schlaftabletten.

Chloe wartet

So, und nun?

Ist die Zeit zu packen gekommen, soll ich auf eine Wiederholung der Nacht warten? Ich sehe wie frisch gestorben aus, die Augen wie die eines Geistes, fiebrig, rote Flecken auf dem Körper, die neue Frisur albern zerdrückt. Gegenüber von meiner Unterkunft befindet sich ein Café, das Frühstück für Touristen anbietet, die mit Schmerzen in Hinterzimmern von Clubs aufwachen. Sie brauchen dringend ein Stück Heimat, das Eierspeisen meint. In der Sonne, die das angenehme Licht verbeißt, sitzen sie schroff ausgeleuchtet und versuchen sich zu erinnern, aber es gelingt keinem. Sie werden ein dumpfes Gefühl haben, wie nach einem Horror-Traum, ihnen wird schlecht sein, und in der Nacht werden sie wieder hier stehen und mehr wollen. Mehr Auflösung, Rausch, mehr Geilheit, und vergessen, was ihr Leben ist. Dieses verdammte Zuhause mit Zetteln im Treppenhaus.

Ich laufe durch verdampfende Bierlachen zu dem kleinen, stark verschmutzten Strand, an dem diverse Betrunkene liegen. Ich schwimme inmitten von leeren Plastikflaschen und Plastiktüten, trinke Wein, um ein wenig unklar zu sein, um nicht in eine Panik zu geraten. Verloren irgendwo. Ausgelacht nach Wochen von den Einheimischen, die sich in die Seite stoßen, da schau nur, da wankt die verrückte Touristin, die im Müll nach Nahrung sucht und mit Animateuren fickt, die vor deren Tür liegt, in zu knapper Kleidung, und um Rausch bettelt. Das Gute wird sein: dass ich dramatisch an Gewicht verlieren werde. Das Schlechte – dass ältere anorektische Frauen genauso traurig aussehen wie ältere übergewichtige Frauen. Neben mir dreht sich ein durchtrainierter Mann auf den Bauch, bettelt um ein malignes Melanom, er scheint noch komplett besoffen, er sieht mich an. Ich könnte ihn haben. Fast alle Frauen könnten jeden Mann haben. Mindestens einmal, für einen Geschlechtsverkehr. Das ist kein Kunststück. Der zweite Abend ist das Geheimnis. Sie verliebt zu machen die Kunst. Ich habe mich noch nie in einen älteren Mann verliebt, fällt mir unzusammenhängend ein. Wenn man das Altersrassismus nennen will, dann nur zu. Ich finde Runzeln nicht aufregend, schlechten abgestandenen Atem, ich werde nicht nervös, wenn ich dran denke, wo sich ein alter Penis schon aufgehalten hat, und von grauen Haaren wird mir fast schlecht, von blauen Adern übel. Ich habe mich einmal in einen Menschen verliebt, der zu mir passt, und das war Rasmus. Sexuell verwirrt hat mich immer nur Jugend. Fleisch, das fest ist, Gelenke, die beweglich sind, Haare im Überfluss und Schweiß, der noch nicht nach Männerwohnheim riecht. Keiner will ältere Menschen anfassen. Wo bringen wir uns also unter.

Im Dorf werden die Garküchen angeheizt. Ich kann immer noch nicht an Rasmus denken. Die letzte Station, haben wir es oft genannt, dieses Wir, das es nicht mehr gibt.

Rasmus denkt an Körperpflege

Wie lange ist Chloe schon weg? Die Zeit in Spiritus eingelegt, ich erwache nur flüchtig, um am Büfett, Flüche murmelnd, Salat in mich zu stopfen. Im Stehen. Eltern entfernen ihre Kinder von mir. Warum reisen die mit Kindern in dieses vergammelte Land, in dem der Boden noch Tretminen beherbergt? Oder Quecksilber.

Idioten. Ich bespucke mich, das scheint ein wiederkehrendes Thema in meinem Leben, verkrieche mich in mein Zimmer, das ich seit Tagen weder gelüftet noch in Ordnung gebracht habe.

Bald erfolgt mein Abtransport. Ich werde mich zusammenpacken, waschen, mein Geruch ist den Gästen eines Langstreckenflugs schwer zumutbar. Ich rede zu mir. Was ist einer, ohne die Ansprache des anderen? Was bleibt von uns übrig, wenn die Existenz sich in keinem spiegelt? Ohne Chloe habe ich nichts mehr. Keine ablenkende Arbeit, die ich mir wichtigreden kann, nur eine Mutter bleibt mir, deren Blick auf mich vor dreißig Jahren eingefroren ist. Ich bin nicht klüger als alle, denen die Bedeutung eines Menschen erst durch seinen Verlust klar wird. Es ist, als wäre ich mir in den letzten Jahren nur erträglich gewesen, weil Chloe mich sehen wollte. Erträglich. Nett. Wertvoll. Ich beginne meine verschmutzte Kleidung in die Tasche zu stopfen, als es an der Tür klopft. Chloe. Was soll ich auch sonst denken. Chloe ist wieder da. Meine Hosen sind heruntergelassen, woran erinnert mich diese Situation nur, ich stolpere zur Tür, reiße sie auf, und die Enttäuschung ist so groß, dass ich Angst habe, einem Infarkt zum Opfer zu fallen. Eine

Panik, die mich an meine Brust greifen lässt, in der es sticht, und an meinen Kopf, in den Blitze einschlagen. Vor mir steht eine meiner Schülerinnen, die mich anstarrt, meine nackten Beine, die heruntergelassene Hose. Die Peinlichkeit ist ihr anzusehen. Ich fasse sie mit beiden Händen. Ein Mensch. Zuspruch, Wärme, ich versuche die junge Frau in den Raum zu ziehen, sie schreit kurz auf. Zwei Angestellte kommen interessiert näher. Die Schülerin, es ist mir in fast drei Monaten nicht gelungen, mir ihren Namen zu merken, wollte nur – das ist mir doch scheißegal, was sie wollte. Ich halte sie am Arm fest und sehe irre Angst in ihrem Blick. Sie scheint meine Gedanken zu sehen. Meinen Kopf will ich in ihren Schoß legen, mich zusammenrollen auf ihr, weinen und getröstet werden. Sie hat so mütterliche Brüste.

Komm rein, komm bitte mit rein, flüstere ich, rufe ich, die junge Frau schreit und will mir ihren Arm entziehen, ich greife umso kräftiger zu. Die beiden Angestellten sind nun bei der jungen Frau, einer gibt mir einen Faustschlag, der andere bringt die junge Frau in Sicherheit. Der Angestellte, der mich unter Kontrolle zu bringen sucht, scheint eine rechte Aggression in sich aufgestaut zu haben, er stößt mich zu Boden, tritt mir in den Bauch und wird von seinem Kollegen daran gehindert, mir auf den Kopf zu springen. Bitte, tritt mir auf den Kopf. Bring es zu einem Ende. Ich liege am Boden, die Hose immer noch an meinen Füßen, ich habe mich eingenässt.

Rasmus denkt auch kurz über
soziale Missstände nach

Es tut mir gut, blutend auf dem Bett zu liegen. Mir gefällt es, ein Opfer zu sein. So, siehst du, Chloe, wohin du mich gebracht hast? Von draußen höre ich jetzt vierundzwanzig Stunden das Geräusch der Kupferhütten. Der Wind hat gedreht. Welcher Wind? Welche Kupferhütte? Da ist keine Bewegung in der stickigen Luft, die wie Fleisch in die Lungen fließt. Die Hütten sind, soweit ich weiß, im Besitz eines Konsortiums in Europa. Heißt es Konsortium? Der Schwefeldioxydausstoß ist stark gesundheitsgefährdend und so weiter. Die Schuld des Westens, das schlechte Gewissen, das wir angeblich haben müssen, in diesem ausgebeuteten... und an der Stelle werde ich immer wütend. Wen, bitte schön, habe ich ausgebeutet? Ich habe keine verdammte Diamantenmine, keine Rohstoffhandelsfirma, ich habe keine Waffen geliefert, und dass meine beschissenen Handys hier entsorgt werden, ja, bitte. Was schlagen Sie vor, Gott? Der die das. In eine Erdhöhle ziehen, Konsumverzicht. Samen kauen, am besten noch meinen eigenen, dieses nussige Aroma, Sie wissen schon. Ich kann mit dieser Schuldgeschichte nichts anfangen, und die davon predigen, sind die schlimmsten Idioten. Ich spiele an meinem Schwanz herum. Er wird nicht steif. Ich bin impotent geworden. Ich reiße an ihm herum, ich ziehe ihn lang, knete die Hoden, und nichts tut sich.

»Verjüngt war ich gottähnlich. Die Pfeife lag abseits, kalt.«
Auch Grass hilft mir nicht weiter.

Die Literatur kann nie widerspiegeln, was das Leid eines verlassenen, in die Jahre gekommenen Mannes wirklich meint: Nicht mehr wichsen können, wenn man es am nötigsten braucht. Mein Schwanz tut weh, er ist rot, vielleicht sollte ich ihn abschneiden.

Eine gescheiterte Ehe ist das Erdbeben, das wir befürchten, die einzige Katastrophe, die wir noch persönlich kennen in unserer Welt, die sich nicht mehr durch Kriege auszeichnet, sondern durch den Untergang einst überlegener Kulturen. Vielleicht wäre es besser gewesen, Chloe wäre gestorben und ich könnte den Schock verarbeiten. Ich würde Mitleid bekommen, mir würde auf die Schulter geklopft. Wer klopft denn bitte einem verlassenen Mann auf die Schulter? Männer denken: Na, hast du es nicht mehr gebracht. Frauen denken: Na, hast du sie vernachlässigt. Mitleid findet nicht statt. Notiz an mich: Konto sperren lassen. Notiz an mich: Ausnüchtern, ausziehen, neuer Job, neues Leben, neue Freundin. Ich liege am Boden des Badezimmers, Regenwalddusche und so weiter, und warte. Darauf, dass ich endlich aus diesem Dreckskaff abreisen kann. Ich frage mich, ob Chloe auch wartet. Darauf, mich wiederzusehen, zum Beispiel.

Chloe dreht durch

Ich bin mir fast sicher, dass ich umsonst warte. Die ersten Stunden hatte ich diese starke Gewissheit, dass Benny wiederkommen wird, jetzt, im Tagesverlauf, schlägt mein Zustand um in absolutes Elend. Die Eifersucht höhlt mich aus. Ich weiß weder, wo Benny wohnt, noch mit wem, ob er sich, mit wem auch immer er da wohnt, über mich lustig macht. Ob er kommt. Allein oder in Begleitung der Frau mit den großen Füßen.

Ich wollte, ich wäre eine Person, die ich noch nie getroffen habe. Eine starke, wilde, die sich nimmt, was sie will, ohne Gefühle. Ich muss sexuelle Rauschzustände unbedingt mit einer seriösen, tiefempfundenen Liebe rechtfertigen. Wie die meisten, die ich kenne. Wir verlieben uns in Heiratsschwindler, Gigolos, wir verlieben uns unsterblich und tiefempfunden in Internetfotos von Tatjana, die eigentlich ein russischer Mafiaring ist, und überweisen Ticketkosten und nach einer Woche noch ihre Schulden in einer Spielbank. Und wir stammeln: Aber ich habe den Menschen doch so geliebt, und wir meinen: Ich wollte rammeln, bis mir das Dach wegfliegt.

Gegen eins in der Nacht, wenn die Dunkelheit keine Chance bekommt, den Ort in Schlaf zu hüllen, zu laut die Musik und Schreie, das Brüllen und Fußballlieder und keine Geräusche, die mich mit allem, was ich kannte, verbinden, geht die Panik des Tages in einen Rausch über. Eine Art Dauerorgasmus aus Müdigkeit, Hunger, zu viel Hitze und Wahnsinn. Meine Haut ist überempfindlich, Haarwurzelschmerz. Zum zehnten Mal dusche ich, lege mich hin, lege mir die Haare, lege mir Lappen aufs Gesicht. Zwinge mich, an Rasmus zu denken. Denke an

Rasmus. Ohne dass ein Gefühl dazu entstünde. Ich denke: Oh, das erschreckt mich, wie kalt und teilnahmslos ich bin, ich habe mich immer als gütigen Menschen betrachtet. Ich fühle: nichts. Mein altes Leben, sprich Rasmus, bringt mich in ähnliche Wallungen als betrachtete ich eine norwegische Stadt im Computer. Ich erinnere mich nicht an die guten Momente, ich erinnere mich an nichts, ich will nur nicht schuldig sein. Theoretische Erinnerungen an theoretische Zustände, die praktisch keine Gefühle auslösen – die Angst, die ich um Rasmus hatte, die Verzweiflung, wenn ich mir vorstellte, etwas könnte ihm zustoßen.

Wir hatten unsere Testamente geschrieben, Patientenverfügungen, wir hatten geplant, gemeinsam zu sterben, wenn es an der Zeit ist. Und nun ist es mir vollkommen egal, was Rasmus gerade macht. Es wird ihm schon gutgehen, irgendwie.

Da, wo er jetzt ist. Da, wo ich nichts mehr für ihn fühle. Sie töten alles, diese Gespräche über Kredite und Speisepläne, Einkaufslisten und Versicherungen und den Kühlschrank, die Familie, all diese langweilige Scheiße ist wie ein Krebs, der die Liebe auffrisst, bis man nur noch ein Direktorenpaar ist, das ein Portfolio managt, in dem alte gelbe Zettel liegen, auf denen steht: Wir gegen den Rest der Welt. Diese süßen Vertrautheiten, das Zusammen-auf-dem-Klo-Sitzen und Sich-Überlegen, was man zu Abend isst, wir hatten uns überlegt, ob wir als nächste Stufe der Intimität nicht zwei Kloschüsseln nebeneinander haben sollten. Keine Lösung. Keine Pointe. Apropos Toilette.

Alle halbe Stunde onaniere ich, ich habe die Toilettenbürste mit heißem Wasser desinfiziert und bewege den Stiel in meiner Scheide, mit dem Finger an der Klitoris, ich stehe in einem dreckigen Badezimmer und warte auf einen Mann, der mit seiner Frau am Küchentisch sitzt und Asthmaspray inhaliert. Ich werde ihn nicht wiedersehen, ich werde zum Flughafen gehen und mit Rasmus … ich übergebe mich.

Rasmus übergibt sich

Drei Tage ist sie weg. Oder vier? Ich habe das Datum der Abreise in mein Telefon gespeichert, der Rest ist mir egal. Der wird abgesessen. Es gefällt mir fast, mich beim Absitzen zu beobachten. Ich esse nicht mehr. Trinke Alkohol und Wasser. In der Nacht hatte ich einen seltsamen Traum von nahezu realistischer Schärfe. Ich sah Chloe auf dem Bauch eines anderen Mannes liegen. Ich stand auf und musste mich übergeben.

Chloe bekommt Besuch

Benny kommt. In den vergangenen Nächten, ich weiß nicht, wie viele es waren, drei oder vier, ist er immer gekommen. Mit Geschenken, mit Obst, mit Blumen, mit seltsamen Tüchern. Ich weiß, dass es von meinem Gefühl ungerecht ist, zu tun, als habe mir Rasmus nie eine Freude gemacht. Ich habe es wohl nur vergessen.

Ich lebe in der Nacht. Am Tag starre ich aus dem Fenster.

Wenn Benny kommt, atme ich tief ein, als hätte ich auch das Luftholen unterlassen, in seiner Abwesenheit. Er kommt, er zieht mich an sich, ich bin außer Kontrolle vor Aufregung, wie ein durchgedrehter Hund, wenn der Besitzer nach zehn Jahren Krieg zurückkehrt, ich möchte ihn ablecken, abtasten, abkratzen, alles zur gleichen Zeit. Ich muss ihn festhalten. Mich in seinen Haaren festkrallen, bis die Sonne aufgeht. Wir erzählen uns flüsternd, damit es nicht real wird, Geschichten. Wir rauchen Opium, wir lieben uns, wir lecken jeden Zentimeter unserer verschwitzten Körper. Ich laufe neben ihm, wie ein Hund, ich erwähnte es, bei jedem seiner Schritte außerhalb des Bettes, folge ihm auf die Toilette, knie in der Dusche, und er pinkelt mich an, ich öffne den Mund, meine Grenzenlosigkeit erregt mich, macht mich stolz. Liegt er neben mir, nehme ich seine Hand und schiebe sie in mich. Sie passt dort komplett rein. Gegen elf schläft Benny immer eine Stunde. Mir ist das unmöglich. Ich kann doch nicht schlafen in den letzten Tagen, Stunden mit ihm, ich schaue ihn an, dann wacht er auf, zieht mich zu sich, streicht über mein Gesicht, wiegt mich. Ich habe keine Kontrolle. Über nichts hier.

Rasmus nimmt sein Sakko vor

Ich habe mich als westlicher Mensch verkleidet. Ein Tag verging erfreulich schnell mit dem Schleifen von Nägeln, Putzen von Öffnungen, Waschen von Behaarung. Unangenehm dick bin ich geworden, die Hose spannt das Kinn, liegt auf. Zum ersten Mal nach einer Woche bekomme ich im Taxi ein angenehmes Gefühl. Auf Wiedersehen, dreckige Straßen, tschüss, verpestete Luft, ich lasse euch mal allein mit den Auswirkungen der Globalisierung. Vermutlich hasse ich kein Land stärker als dieses. Ich kann die Fressen nicht mehr ertragen, die Augen mag ich nicht mehr sehen, in denen ich Verachtung für uns lese. Ich habe das Gefühl, die Leute hier führen all dies Pappmaché-Elendstheater auf, um uns richtig aufs Kreuz zu legen. In einigen Jahren, längstens drei, werden all diese Slums gesprengt worden sein, das Land wird den Einheimischen gehören, die dann alle Kybernetik studieren und in rosafarbenen Villen hocken. Sie werden den Kindern am Kaminfeuer, für das es zwar zu warm ist, aber Status ist kein Zuckerschlecken, von diesen Weißen erzählen. Die Kinder werden denken: Opa hat den Schuss nicht gehört.

Ich bin für die Zustände, die ich in den letzten Tagen durchlebte, relativ besonnen. Ausgeglichen fast. Ich trage endlich wieder Kleidung, die für mich konzipiert ist: lange Hosen, mein Sakko liegt über meinem Knie, das weiße Hemd ist einen Knopf geöffnet, und die Füße stecken ohne Socken in Wildlederslippern. Meine Knie sind ein wenig spitz, der Stoff zu lose um die Beine, doch zu stramm um den Bauch. Die kurzen Shorts und die Trekkingsandalen habe ich zusammen mit dem

Sklipnot-T-Shirt weggeworfen. Ich habe nicht vor, jemals eine Reise in ein tropisches Land zu unternehmen.

Das Taxi hält nach einigen Stunden Fahrt von der Küste ins Landesinnere vor dem Flughafen. Ich bin von der Klimaanlage hervorragend unterkühlt, zum ersten Mal ist mein Gesicht nicht mehr rot wie kurz vor einer Explosion. Ein freundliches europäisches Gesicht mit leicht gelblicher Farbe lächelt mich aus dem Rückspiegel an, das Gesicht eines Menschen. Ich fahre in eine Gegend, wo es nun Winter ist, und ich freue mich auf meine Kaschmirpullover und meinen langen Lodenmantel. Ich freue mich, meinen Körper zu verhüllen, auf Brot, Käse und die Abendnachrichten.

Der Flug in die Welt, wie ich sie kenne, wird in drei Stunden erfolgen. Ich bin mir sicher, dass Chloe bereits wartet. Auf dem Mobiltelefon, ich weigere mich die alberne Bezeichnung Smartphone zu verwenden, so wie ich bis heute auch nicht einmal den Begriff Euro benutzt habe, es gibt Worte, die mir Übelkeit erzeugen, ist keine Nachricht von ihr. Die letzte Mitteilung ist drei Tage alt. Alles in Ordnung. Hatte ich sie gefragt. Ja, und bei dir? Dito, hatte ich geantwortet. Ich bin mir sicher, dass Chloe die Woche in einer Spa-Hotel-Sache verbracht hat. Was heißt das eigentlich, SPA? Seltsamer Pussy Alarm? Dabei hat sie vermutlich über unser Leben nachgedacht, vielleicht wird sie zu Hause ein paar Möbel umstellen und beginnt ein Fernstudium der Kunstgeschichte. Was Frauen wie sie halt so in der Mitte des Lebens tun.

Ich gebe mein Gepäck noch nicht auf, sondern setze mich auf die Raucherbank neben dem Eingang. Um Chloe gebührend zu begrüßen.

Chloe im Elend

Falls ich zurück nach Europa möchte, muss ich in einer Stunde los. Wenn ich hierbleibe, habe ich Angst. Wie lange kann ich jeden Tag neben der Tür sitzen und auf meinen Besitzer warten? Soll ich mit ihm eine kleine rosafarbene Hütte beziehen? Um die Arme in die Hüften zu stemmen, weiße Schürzen zu tragen und Labskaus zu kochen, ein kleines illegales Labskaus-Restaurant eröffnen?

Oder –

Hier in diesem Hotelzimmer auf ein paar geborgte Stunden warten, nebenbei in einer Bar zu arbeiten beginnen, Alkoholikerin werden, von der Sonne verbrannt, von den Menschen verachtet in Müllkübeln nach Nahrung suchen.

In einer Stunde muss ich los. Das Antiquariat, Rasmus' Mutter, die Aussicht auf ein paar tote Birken im Innenhof unseres Architekturliebhaberwohnblocks aus Sichtbeton. Was soll ich dort? Und was hier? Wo sich nichts Vertrautes befindet. Nur die große Liebe meines Lebens.

Das habe ich nicht gedacht. So etwas Albernes kann ich nicht gedacht haben. Benny und mich verbindet nichts, außer dass wir es gut miteinander haben. Körperlich. Und dass wir nicht streiten, und dass wir kaum eine gemeinsame Sprache haben und er nicht weiß, wer all die Künstler und Schriftsteller sind, von denen ich meinte, sie zu kennen, und über ihre Arbeit zu reden wäre meine Sozialisation.

Ich kaure im Badezimmer am Boden, ich kann nicht aufstehen, denn mein Körper ist – nein, ich werde nicht denken: eine Wunde.

Mein Körper – nein, ich wiederhole den Gedanken, den ich nicht hatte, nicht – packt die Reisetasche, meine Hände zittern, die Knie sind schwach, ich versuche, einmal laut zu wimmern, das ist gut, laut wimmern ist hervorragend, ich höre mir dabei zu.

Rasmus hat eine Laune

Es scheint Jahre her zu sein, dass wir hier angekommen sind. In gutmütiger Vertrautheit. Vermutlich haben wir uns damals eine Schlaftablette geteilt, ehe wir uns aneinandergeschmiegt haben, ohne darüber nachzudenken, dass es nicht selbstverständlich ist, einem anderen so nah zu sein.

Es scheint Jahre her, denn den Menschen neben mir kenne ich nicht. Chloe sieht verheult aus und hat kaum etwas gesagt bis jetzt, aber viel geweint, nun starrt sie aus dem Fenster und kriegt sich kaum ein vor Beben und Schluchzen, ich habe keine Ahnung. Ich lege den Arm um sie. Ich hätte ihn auch um einen Stein winden können. Ich entferne mein Körperteil und studiere das Menüangebot. Großartig, es gibt Brot hier, richtiges Brot, sage ich zu Chloe, die in die Nacht schaut. Unten sind die Lichter der verhassten Destination zu sehen, in die jetzt meinetwegen gern eine Bombe einschlagen kann. Ach Gottchen, ja, die unschuldigen Frauen und Kinder. Interessant, dass immer die Männer schuldig sind, all die armen rekrutierten Idioten, es ist egal, wenn sie fallen, explodieren, sie sind ja nur reproduktionsunfähige Männer. Verwegene These, nun rede doch mit mir, Chloe. Komm endlich zurück. Wir haben sie verloren. Sind Exorzisten an Bord? Es ist nicht schlimm, dass du weggegangen bist, höre ich mich sagen, und meine Hand legt sich auf ihre. Das ist unangenehm, das ist nicht erwünscht, ich ziehe die Hand zurück und starre ratlos in die Sitzreihen um mich. Müde Familien, traurige leergefickte Singlemänner, besoffene Eingeborene. Ich nehme meine Schlaftablette allein. Wie lächerlich alles ist. Wissen das die anderen auch? Wie lächerlich wir sind, mit unseren kleinen Problemen, kleinen Ehepartnern, mit unserer Angst vor dem Bedeutungsverlust, der Sorge um die Selbstinszenierung und die Rechnungen zu Hause, wie unglaublich albern, klein, nichtig, im Angesicht eines Blitzes, der uns jetzt alle in einer Sekunde pulverisieren kann. Chloe, so komm doch wieder, Chloe.

Die Erleichterung, als ich sie vorhin aus dem Taxi steigen sah, war fast zu viel für meinen angeschlagenen Zustand. Meine Beine wurden weich, das Herz schlug so langsam, als wolle es stehenbleiben. Es würde alles gut werden, alles. Ich bin auf Chloe zugerannt und merkte erst, als ich sie in meinen Armen hielt, dass sie nicht in ihrem Körper war. Als ob sie gestorben wäre, ihre Seele schon durch ein Fenster geflogen. Geduld, Geduld. Ich habe keine Ahnung, an welchem Problem sie während der letzten Woche gearbeitet hat. Aber. In einer vernünftigen Welt unterhielten wir uns jetzt über unsere Erfahrungen, wir würden danach einschlafen und zu Hause unser Leben fortsetzen im Bewusstsein seines baldigen Endes.

Ich schaue die Sterne an, vor dem Flugzeugfenster, und bekomme universelle Gefühle. Wie klein wir sind, und so weiter. Ich denke an Motivationstrainer und stelle mir vor, einer würde jetzt durch den Gang des Flugzeugs laufen und uns alle mit Sätzen wie: Erkenne deine Unwichtigkeit, bombardieren.

Chloe, nun komm schon. Sei wieder Chloe.

Ich bin mir sicher, dass unsere Wohnung, die Tageszeitung, das Frühstücksei sie wieder auf den Boden holen wird. Auf den Boden holen, was für eine unglaublich dumme Phrase. Wir sind doch alle nicht auf dem Boden, sondern fliegen verwirrt durch das All. Darum stehen alle so unglaublich auf Tischordnungen, Benimmregeln und Vorlagen, auf Traditionen, Religionen, Chefs. Ohne die sind wir mit uns allein, also verloren. Wir wackeln herum und handeln vernunftbegabt. Das kann doch nur schiefgehen. Schlafen, essen, ficken, kacken. Das ist es, bitte schön, worum es geht. Wir ertrinken in unseren Gehirnen, die wir nicht mit unseren Handlungen koordinieren können. Wir sind gemacht, andere zu töten, und das dürfen wir nicht, wir sind dazu programmiert, uns zu paaren und weiterzuziehen, doch wir heiraten. Wir reichen uns Gebäck.

Chloe sieht aus dem Fenster

Ich saß im Taxi und sagte dem Fahrer: Fahren Sie los, schnell, er verstand mich nicht – dass die auch nie Deutsch können, die Ausländer, und rollte im Schritttempo an Benny vorbei, der mich ansah. Mit unendlicher Enttäuschung, die Hände hängend, die Körperspannung nicht vorhanden. Ich hatte das Gefühl, die Haarfarbe läuft mir übers Gesicht. War wohl nur Schweiß. Es ist mir noch nicht einmal vergönnt, mich albern zu finden. Oder peinlich. Unter Spießern ist es heute die Norm, sich für andere zu schämen. Fremdschämen nennen sie es und vergessen dabei, wie lächerlich sie selber auf dem Klo sind.

Ich nehme Rasmus kaum wahr, in den hundert Flugstunden, ich kann ihn nicht berühren, nicht atmen hören, alles an ihm ist falsch. Er ist nicht Benny, er kann nichts dafür, ich bin zu unglücklich, um ein Mitleid zu spüren, zu schwach, um eine Geste der Zuneigung vorzutäuschen. Zwanzig Jahre. Was haben wir nur gemacht in diesem Irrtum, die lange Zeit.

Ein Licht dort unten gehört Benny. Ich möchte aus dem Flugzeug springen, um bei ihm zu sein. Ich schlafe nicht.

Rasmus sorgt sich

Chloe scheint eingeschlafen. Wäre ich ein temperamentvoller Mensch, würde ich sie schütteln und ohrfeigen, brüllen: So rede mit mir … So decke ich sie zu und lösche das Licht. Ich lege ihr ein Kissen unter den Kopf und halte ihre Hand. Jetzt wehrt sie sich nicht.

Chloe friert

Wir haben nichts geredet außer: Da sind sie ja, was sich auf die Gepäckstücke bezog. Im Taxi aus dem Fenster gesehen, nichts gesehen, es ist dunkel draußen. Unsere Stadt wirkt fremd und sehr klein. Unbekannte Straßen ohne Menschen. Vielleicht ging was schief, mit den Isotopen. Unser Block riecht immer noch nach Neubau, die Ruhe wirkt, als entstünde sie komplett durch die Abwesenheit von Leben.

Die Taschen sind zu Boden gefallen, sie hallen nach, ich stehe mit einem fremden Mann in einer mir fremden Wohnung, die nach fremder Mutter riecht, und möchte gerade hinfallen, mit dem Gesicht auf den Betonboden. Die Heizung ist kalt, Lumi hat nicht daran gedacht, dass wir heute zurückkehren.

Draußen glänzen kahle Bäume silbern, und nicht einmal ein paar Wölfe lockern die Friedhofsatmosphäre. Die Laternen arbeiten akkurat, sie werfen Neon in unsere Wohnung, die zu Lumis Wohnung geworden ist in den vergangenen Wochen. Ihre marxistischen Bücher liegen neben dem Bett, natürlich hat sie sich instinktiv auf meine Seite gelegt, der Platz, der ihr zustünde.

Wie soll ich heute in diesem Bett liegen? Wie mache ich jetzt weiter, und vor allem womit? Meine Haut ist gereizt, wund, ich habe nicht geduscht, nachdem ich mich von Benny verabschiedet habe, nie wieder duschen, bis ich mit dem Gewebe meiner Kleidung, die ich seit einer Woche trage, komplett verschmelze. Ich kaufe noch schnell ein, sagt Rasmus und ist froh, aus der Wohnung zu gelangen, vermute ich. Ich packe aus, die

143

Tasche ist leer, außer einem Hemd von Benny und dem, was schmutzig von meiner Reisegarderobe übrig ist. Ich räume meinen Schrank aus. Slipper, Blusen, Stretchhosen, Kostüme, all die Dinge, mit denen ich mich als Erwachsene verkleidet habe, kommen in einen Sack. Ich weiß nicht, was ich als nächstes tun soll. Umräumen? Ein Zimmer zumauern, das Bett zersägen? Das Geheimnis des Bestandes der meisten Ehen ist vermutlich die Ratlosigkeit. Ich müsste, um meinem Gefühl zu folgen, heute in einem Hotel übernachten und verschwunden sein, ehe Rasmus vom Einkaufen zurückkommt, weil ich ihm nichts erklären könnte. Außer: Ich will hier nicht sein, fehlen mir die Argumente, und Rasmus ist ein Argumentationsmeister. Psychotherapie- und theoriegeschult. Am Ende unserer Auseinandersetzung bliebe ich mit dem starken Gefühl, irrational zu handeln, auf dem Bett sitzen.

Ich müsste morgen, nach der Nacht im Hotel, einen Beruf suchen, der mir genug Geld für eine eigene Wohnung einbringt. Nachdem ich einen Beruf gefunden hätte, der mir genug einbringt, um eine eigene Wohnung zu finanzieren, vermutlich würde der Beruf das Tanzen an einer Gogostange beinhalten, was Frauen ohne Eigenschaften halt so tun, hockte ich in einer Einraumwohnung am Stadtrand und betrachtete das Licht schlechter Straßenlaternen, zu den neuen mit Gesichtserkennung hätte es in dem Viertel nicht gelangt. Ich wäre frei. Um was genau zu tun?

Ich würde mit Mitte vierzig wieder in Bars gehen, um neue Freunde zu finden. Und würde neben Männern erwachen, die Klaus hießen und verheiratet wären. Ämter, Papiere, Anwälte, die Dividierung von Rentenansprüchen, das mitleidige Nicken von Bekannten, die ich dann nicht mehr habe, denn alle die erwachsenen Menschen, mit denen wir verkehren, sind Rasmus' Freunde. Interessante Menschen. Meine Menschen waren uninteressant und sind darum verschwunden, die meisten sind Junkies oder psychische Notfälle geworden.

Paare in Scheidung werden von allen gemieden, als hätten sie eine ansteckende Krankheit. Ich weiß das, ich erinnere mich. Wann immer einer der in Scheidung befindlichen Paarteile die Gründe für die Trennung aufzählt, findet man sich in ihnen. Alle haben dieselbe Krankheit langer Beziehungen.

The Thrill is gone.

Um mehr geht es nie. All das Gesuche nach akzeptierten Gründen wie: Wir haben uns auseinandergelebt, wir können nicht mehr kommunizieren, sind Lügen. Kommunikation ist immer nur der Austausch von Worten, die das selbst nicht beschreiben. The Thrill is gone. War ich real in den letzten zwanzig Jahren oder bin ich es jetzt mit gefärbten Haaren und alberner Verkleidung? Und was ist von mir übriggeblieben, hier, auf dem Bett, das nach Rasmus' Mutter riecht, sie hat es nicht einmal neu bezogen. Ich will nicht neben einem mittvierzigjährigen Mann aufwachen, der die Haare verliert, sondern mit einer Urlaubsbekanntschaft, die über Muskeln, Haare und Ausdauer verfügt, am Strand liegen.

Bei Benny ist es jetzt ein Uhr nachts. Er ist am Arbeiten. Vielleicht lernt er gerade eine neue Touristin kennen. Vielleicht verliebt er sich in diesem Moment, sieht er in die Augen einer grazilen Belgierin, die fünfsprachig aufgewachsen ist.

Ich liege auf dem Bett, die Decke über den Kopf gezogen.

Rasmus denkt an nichts Schlimmes

So hell ist mir das Neonlicht in einem Laden nie erschienen, so trist die traurigen Birnen und staubigen Kartoffeln. Auf der Straße ein Zweitakter, wo kommt der nur her? Chloe liegt vermutlich im Bett. Sie ist nicht zu erkennen, nur die Umrisse eines Körpers, vielleicht hat sie einen Sack anstelle ihres Leibes unter die Decke gepackt und wartet nun, dass ich mit einem Messer drauf einsteche. Ich setze mich neben den Sack, meine Hand in der Luft hat Angst, sich auf ihn zu legen. Was ist das für ein Zustand. Meine Frau läuft mir weg, denkt eine Woche herum und bestraft mich im Anschluss mit Schweigen und Heulen, ob des furchtbaren Lebens, das wir zusammen hatten. Die Wut kommt plötzlich, verdrängt die Unsicherheit, das Mitleid, warum soll ich mit dir leiden, Chloe, sage ich. Ich weiß nicht einmal, warum du dieses Theater machst. Was ist los? Ich ziehe ihr die Decke vom Gesicht und bereue es sofort, denn Chloe sieht mich an mit einem Ausdruck, als wäre ich etwas, das ihr vor Ekel die Luft nimmt.

Rasmus ratlos, vielleicht ist es nur Übermüdung

Mechanisch versorge ich die Nahrung, lege Gürkchen in Dosen, bestücke den Kühlschrank, sinke auf den Stuhl, betrachte die Wand. Wenn doch etwas aus ihr wachsen würde. Woran ich mich halten kann. Ein Wegweiser für ratlose Ehegatten.

Ein paar tausend Kilometer von hier habe ich meine beste Freundin verloren, irgendjemand hat mir anstelle von ihr einen verhungerten schwarzhaarigen Sack ins Bett gelegt. Ich habe keine Ahnung, wie ich mit dieser Situation umgehen soll, an die ich mich nicht einmal gewöhnen konnte, denn ich weiß, verdammt noch mal, nicht, an was ich mich da gewöhnen soll. Ich hatte mir Ehekrisen anders vorgestellt. Mit Streit beginnend, sich steigernd, einander verletzen, in Folge schweigen und sich hassen. Als machte man zusammen viele Chemotherapien durch und wäre irgendwann zu müde, um an eine Heilung zu glauben, und am Ende traurig und leer, fast froh um das Ende. Wenn Chloe gestorben wäre, beim Schwimmen ertrunken, hätte sich der Schock anders auf mich ausgewirkt? Vermutlich fehlte dann die Hoffnung, die ich jetzt habe. Dass sie zu mir zurückkommt. Zurück in ihren Körper, aus dem sie verschwunden ist. Vor einer Woche war sie noch da, lagen wir zusammen in einem Bett nach dem Geschlechtsverkehr, ich habe unter der Regenwalddusche gepfiffen.

Nun bin ich einer, der die Wand anstarrt. Ich habe nicht den Impuls, meine Mutter anzurufen, aber vielleicht sollte ich das tun. Gleich, wenn ich nicht mehr weinen muss.

Es war doch immer jemand für mich da. Erst Mutter und dann Chloe, wir brauchen einen Rückhalt, einen, der uns Echo ist in der Finsternis. Ich habe angefangen zu onanieren. Das war mir immer ein Trost, es lenkt mich ab, stellt ein Gefühl her, wo Leere ist. Ich onaniere und denke an Chloe, und das leise Wimmern wird zu einem lauten Schluchzen. Etwas Erbärmlicheres als ein Mann, der sich bei der Vorstellung der Frau, die ihn nicht will, einen runterholt, fällt mir nicht ein.

Chloe sieht ein D

Seit einer Woche ahne ich, was Depressionen bedeuten, Mehrzahl, ich gebe mich nicht mit Kleinigkeiten ab. Nicht mehr aufstehen wollen, nicht liegen bleiben können, sich nicht bewegen wollen, nicht stillstehen können, schleppende Bewegungen, an die Decke starren, nicht einmal die Kraft haben, einen Fernseher zu bedienen, kein Hunger, kein Durst.

Ich schlafe auf dem Sofa, liege wach auf dem Sofa, nehmen Sie dieses Sofa, es ist eine Hommage an Eilen Grey, das ist ein hervorragendes Sofa für eine junge Familie, darauf liege ich, schlafe nicht, weine, starre, versuche mich nicht zu erinnern, denn ich befürchte, dass die Bilder unscharf werden, wenn ich sie mir zu oft ansehe. Schon nach einer Woche habe ich Bennys Geruch verloren.

Sein Hemd liegt neben meinem Gesicht, vorsichtig atmen, nicht den Geruch wegatmen, damit es länger hält. Wie lang ist länger? Eine Woche, ein Jahr? Ich erinnere mich nicht mehr klar an Bennys Gesicht, nicht an die Konsistenz seiner Haut, nur das Gefühl, das er in mir erzeugt hat, ist noch da, wie die Nacht, die nicht aufhört, die nur langsam in ein Grau übergeht. Was man hier so hell nennt.

Rasmus geht in die Küche, er macht Kaffee, er bringt mir eine Tasse, küsst mich auf die Stirn, es fühlt sich an, als würde meine Haut unter seinem Mund vertrocknen.

Rasmus schleicht um mich. Er macht mich aggressiv. Er ist da. Wir nehmen schweigend Mahlzeiten ein. Er reicht mir Kleingeschnittenes, ich kaue auf Dingen, die keine Mitteilung machen, und muss mich übergeben. Ich verlasse die Wohnung um neun, über sibirische Straßen, Dauerfrost, die Gebäude mit Eis überzogen, nein, wir haben keinen Klimawandel, nur jedes Jahr das kälteste seit Beginn der Wetteraufzeichnung. Die Menschen verschwimmen in ihren dunklen Daunengeschwüren, mit ihren farblosen Gesichtern, hat irgendjemand das beschrieben, dieses Grauen Europas im Winter? Diese Straßen und Gebäude, kollabiert in gefrorener Luft, die Neonlichter in zu hellen Läden? Warum hoffen alle, dass es sich ändert, dieses Wetter? Warum warten sie auf einen Frühling, wer hat den denn versprochen? Es bleibt doch nichts, wie es war. Es wird schlechter, egal, was uns die Krankenkassen erzählen von einem erfüllten Alter. Es wird schlechter, anstrengender, die Augen versagen, das Gehör fällt aus, die Osteoporose nagt. Die Menschen sind für die sogenannte zweite Lebenshälfte nicht geplant. Sosehr auch alle bekräftigen, wie großartig das Leben sei mit diesem entspannenden Wissen, über das sie im Alter verfügen, die Wahrheit ist: Keiner braucht alte Menschen mit ihren Weisheiten. Die Jungen wünschen sich nur, dass die Alten verschwinden, und damit haben sie recht. Ich mag sie auch nicht sehen, diese Greise mit ihren Tretrollern und Rucksäcken. Ich will sie nicht hören mit ihrer verklemmten Rechthaberei, mit der Bitterkeit der bald Gehenden.

Und ich gehöre bald zu ihnen. Und ich werde genauso böse, mich mit Klauen in der Welt verankern, denn wir wollen nicht gehen.

An meiner Beschäftigungsstelle angelangt, atme ich vor dem Öffnen der Tür zehnmal tief durch und sage mir: Es ist egal. Es ist egal, denn der Tag wird vorbeigehen, das Jahr, und vollkommen gleichgültig wo, es gibt keinen Ort, der mich erwartet. Das Knattern der Neonbeleuchtung; irgendwo in der Welt sitzt ein kichernder Neonleuchtenfabrikant und denkt genau jetzt an all die Sklaven, die er mit diesem Geräusch in die Depression treibt. So, großartig! Was nun? Kein Kunde wird kommen, keine Stunde schnell vergehen, ich setze mich hinter einen Schreibtisch, hier saß ich schon die letzten zehn Jahre meines Lebens ab, um nicht nur die Frau des Regisseurs zu sein. Alle drei Minuten betrachte ich das Telefon. Ich habe den Zeitpunkt verpasst, Benny eine Nachricht zu senden, und würde es inzwischen so sehr nicht ertragen, keine Antwort zu erhalten, dass ich es bleibenlasse. Nur ein leichtes Streicheln der Tastatur, selbst die erste Nummer wage ich nicht zu wählen, oder sagt man heute drücken, aus Angst, das Gerät könnte seinen Anschluss selber vervollständigen, und dann würde er sehen, dass ich an ihn denke, würde es sehen, während er mit einer Frau mit großen Füßen im Bett liegt, die seinen Körper anfasst, an den ich mich besser erinnere als an sein Gesicht.

Ich starre auf die Hölderlin-Erstausgaben, die ein Mensch in Stratford bestellt hat. Es hat sich mir nie erschlossen, warum einer irgendetwas sammelt. Theoretisch weiß ich um die irre Idee, sich hinter Waren vor der Sterblichkeit zu verbergen, aber praktisch sollte man doch an die Menschen denken, die die Wohnung irgendwann entrümpeln müssen. Ich versende in den kommenden Stunden noch zehn Bücher, damit ist die Gesamtleserschaft abgedeckt, die noch analoge Bücher kauft, und darf mein Anlageportfolio für diesen Tag um siebzehn Uhr schließen. Wie immer hoffe ich auf dem Weg zurück in die Wohnung, *unsere* zu sagen verbietet sich, dass Rasmus einfach verschwunden ist.

Rasmus zieht durch

Arbeit war mir immer Ablenkung von mir. Ich gehörte nie zu jenen, die sich über mangelnde Freizeit beklagen, denn ich liebe es, von mir ferngehalten zu werden.

Auf der Bühne steht eine der Frauen, die ich früher, als ich noch Verachtung für andere außer mir empfand, mit großem Ekel betrachtet hätte. Grauhaarig, fest im Becken, Kinder in der Ackerfurche geboren, Pflug selber gezogen, rote Adern auf den Wangen, große gelbe Zähne, von denen sie sagt: Alle gesund, nicht eine Plombe. Himmel, wer fickt so was, hätte ich mich früher gefragt, nun betrachte ich stumm, angewidert, mit offenem Mund, erschöpft von den Nächten, in denen ich Chloes Schluchzen lausche, die talentlose Gruppe auf der Bühne. Das sind keine Laien. Die haben das studiert. Die hatten mal eine Idee. Welche das wohl gewesen sein könnte. Irgendetwas mit Selbstverwirklichung. Und jetzt stehen da Menschen am Rande des Verfalls und verwirklichen sich, indem sie schlecht betonen und unglaubwürdig gestikulieren. Immer schreien schlechte Schauspieler. Es gibt ihnen das Gefühl, intensiv zu sein. Wenn sie genug geschrien haben, sind sie müde und sagen: Ich muss das innere Kind in mir schützen. Und das, liebe Freunde, ist dann wirklich eklig, sich vorzustellen, dass ein Kind in diesen unattraktiven Personen sitzen muss, neben Dünn- und Dickdarm.

Der Regisseur, der dieses Stück, in dem es, wie immer im Theater, viel zu spät um eine tagesaktuelle politische Geschichte geht (Überwachung, Asylantenheime, Drohnen), in dem Sätze geschrien werden wie: Der Islam ist die einzige Antwort auf den Kapitalismus, wurde vom Ensemble weggemobbt, nun muss ich die glanzvolle Inszenierung zu einer Premiere führen. Elftausend excl. Mehrwertsteuer lassen keine Fragen zu. Ich ändere nichts. Die Regieanlage meines Vorgängers ist die perfekte Untermauerung der These, dass staatlich subventionierte Kunst sich selber beseitigt.

Eine Frau übt in einem kurzen Rock und ohne Oberteil Seilspringen auf der Bühne und schreit dazu etwas Antiimperialistisches. Glänzend, wunderbar, ich muss gar nichts machen, ich nicke, ich klatsche. Leckt mich alle am Arsch. Ich habe zu Hause eine Frau, die mir in jeder Sekunde zu verstehen gibt, dass sie sich nach einem anderen Leben sehnt, ohne mir mitzuteilen, wie das aussehen sollte. Ich habe eine Mutter, die sich nicht meldet, Freunde, die, seit meine Karriere stagniert, immer gerade ein häusliches Problem haben, wenn ich sie sehen will, und ich habe einen spitzen, kleinen Bauch.

Die Schauspieler auf der Bühne schlagen sich gerade. Das gehört zur Regiearbeit. Und zum Authentischsein. Schlagt euch tot, ihr Idioten!

Ich bin müde von diesem Gefühl, dass sich alles nicht mal wiederholt, sondern mit jeder Umdrehung schlechter wird.

Die Probe ist beendet. Großartig, Schätzchen! Eine irre Energie ist das hier. Vielen Dank, wir sehen uns morgen. Für den Abgang aus dem Saal langt meine Beherrschung noch. Ich schreite. Schmeiße die Tür zu, sie stehen darauf. Dann sinke ich an der geschlossenen Tür zu Boden. Und werde starr vor Ratlosigkeit.

Chloe ist außer sich

Zwei Uhr nachts, imaginäre Sekundenzeiger. Rückenschmerzen. Scheißalter. Scheißsofa. Scheißsekundenzeiger. Es macht Leute meiner Generation verrückt, keine tickenden Uhren mehr zu haben. Uhren sind in Handys untergebracht. Ohne Geräusch. Das Geräusch machen wir im Kopf. Zählen dazu, verzählen uns. Werden wahnsinnig davon. Springen aus dem Fenster.

Der Jogginganzug verwächst allmählich mit mir, die schwarze Haarfarbe ist grau geworden. Vielleicht wäre es an der Zeit, in mein Leben zurückzukehren.

Das Entsetzen über diesen flüchtigen Gedanken, der meint, dass ich mich wasche, an die Schlafzimmertür klopfe, mich leise neben Rasmus lege, sein Gesicht streichele und am nächsten Morgen mit ihm und den Endgeräten im Bett frühstücke, wird vom Klang des SMS-Signals erhöht zu einer Fanfare des Grauens. Sofort verändert sich meine Atmung. Adern, die mir unbekannt waren, pulsieren, der Herzschlag verändert sich unangenehm.

ICH VERMISSE DICH.

Ich küsse das Telefon und denke – habe ich wirklich das Telefon geküsst? Und denke nicht mehr, und sehe die Worte an, sehe die Nummer an, ich bekomme keine Luft mehr. Ich zittere. Ich antworte.

Ich dich auch.

Was machen wir nur?

Ich kann nicht mehr schlafen.

Ich kann ohne dich nicht mehr leben.

Ich kann nicht zu dir kommen.

Ich kann zu dir kommen.

Aus Gründen, die sich meinem Verständnis entziehen, sitze ich vor dem Sofa, vielleicht brauche ich den Boden, um mich zu halten. Hören Sie, das ist ein Leben und keine Zirkusveranstaltung, und da sind Wunder nicht vorgesehen. Keine blutenden Madonnen, keine Lotteriegewinne, keine Auszeichnungen, keine Schatzfunde, nie kommt der, den man will, mit Blumen in der Nacht, stellt eine Leiter ans Fenster, schwimmt durch einen Ozean. Immer geschieht in unserem Leben nur das kleine, langweilige Erwartbare, und Wunder, Wunder gibt es doch nicht, denke ich und schreibe: Komm!

Rasmus sieht in ein dunkles Loch

Benny kommt. Sagt Chloe. Sie sieht aus wie etwas, das man unter dem Mülleimer findet, ihre Augen glänzen. Fieber? Wahn?

Ich habe einen Tag mit kreischenden Idioten hinter mir und keine Lust mehr, nach Hause zu gehen, allein das Fehlen einer Alternative und die nicht kleiner werdende Hoffnung, dass dieser Zombie aus meinem Haus verschwindet und Chloe zurückkehrt, lässt mich jeden Abend die Tür öffnen.

Und nun kommt also Benny.

Wer the fuck ist Benny?, frage ich.

Etwas an dieser Frage macht Chloe aggressiv. Vermutlich das fuck.

Ich kann nicht mehr ohne ihn leben. ER ist schuld, dass ich nicht mehr schlafen und essen kann, und wenn du jetzt sagst: Geh, dann gehe ich, und ich werde nicht zurückkommen. Sagt Chloe, aggressiv, wie erwähnt, und ich versuche das alles zu verstehen. Das fuck scheint also angebracht. Chloe hat einen Ficker, und der kommt jetzt? Sie erwartet von mir, dass ich sie mit ihrem Ficker hier wohnen lasse? Sie hatte einen Ficker? Sie hat nicht über ihre Kackwechseljahre nachgedacht, sondern war mit irgendeinem Ausländer im Bett.

Ich kann Chloe nicht ansehen. Mir würde verdammt noch mal übel davon. Nun, mir ist bereits übel. Der nächste Zustand wäre: mich übergeben. Krämpfe. Schock. Ich setze mich. Die Informationen überfordern mich. Was stellt sie sich vor? Dass wir eine Beziehung zu dritt führen? Dass wir gemeinsam im Ehebett liegen? Dass Benny in Mutters Zimmer übernachtet? Wie stellst du dir das genau vor, und wo siehst du mich in dieser Konstellation? Also – wo finde ich statt?, frage ich, durch den täglichen Umgang mit Vollidioten nachsichtig geworden.

Ich stelle mir nichts vor, ich weiß nur, dass ich dich nicht verlieren will und Benny sehen muss. Ich muss das für mich herausfinden. Verstehst du?

Ich nicke, ich verstehe nichts, ich sehe Chloes Avatar an, ich erkenne ihre Haare und ihren Geruch nicht, ihre Gesten und der Gesichtsausdruck sind mir fremd. Sie so zu sehen ist wie ein altes Lied zu hören, bei dem man irgendwann eine starke Empfindung hatte, sich aber nicht erinnern kann, welche es war. Ich weiß, dass ich mit Chloe glücklich war, aber wie hat sich das angefühlt? Und warum kann ich sie nicht mehr berühren? Was macht das, dass einem ein Mensch so fremd wird innerhalb so kurzer Zeit?

Ich habe das Recht, glücklich zu sein. Sagt Chloe. Und der Satz ist so dumm, dass mir keine Erwiderung einfällt. Beinhaltet dieses Recht auf Glück, wie sie es nennt, mein Unglück oder die völlige Ignoranz mir gegenüber? Der Wunsch, etwas auf Chloes Kopf zu zertrümmern, ist so stark, dass meine Hände zittern.

Ich stelle mir vor, sie läge tot vor mir. Ein gutes Bild. Oder, die feige Variante, sie würde ihre Sachen packen und für immer aus meiner Wohnung, die Mutters Wohnung ist, verschwinden.

Dieses Bild ist... gewöhnungsbedürftig. Nein, grauenhaft. Der Schmerz setzt augenblicklich ein und mit solcher Wucht, dass ich nicht mehr atmen kann. Ich muss kurz allein sein, sage ich und gehe ins Schlafzimmer, um allein zu sein.

Ich versuche mir Chloes Abwesenheit vorzustellen. Einen Teddy, den ich auf ihr Kopfkissen setze, den ich am Abend immer streichle, das Frühstück allein am Küchentisch und meine Mutter, die bereits am Tag nach Chloes Abreise mit einem Möbelwagen vor der Tür stünde. Ich will das nicht. Ich will nicht neu anfangen, mit bald fünfzig in Bars sitzen und Prostituierte ansprechen, in Bordelle gehen und auf eine Erektion warten, die sich auch durch den Reiz des Fremden nicht einstellen wird, Abende mit Mutter vor dem Fernseher, dann eine Frau, die Ursula heißt und Bibliothekarin war. Ist aber arbeitslos, weil es keine Bibliotheken mehr gibt. Mit Ursula gehe ich Schwäne füttern und frage mich, warum sie mit einem so großen Arsch enge Strickkleider trägt und zu enge Stiefel an ihren keulenförmigen Beinen. Ich halte das nicht aus, ich kann das nicht.

Ja, er kann kommen. Rufe ich Chloe zu und hoffe, dass ich souverän klinge.

Rasmus und Chloe im Bett

Zum ersten Mal seit zwei Wochen liegt Chloe wieder neben mir im Bett. Ihr alberner Versuch, Dankbarkeit zu zeigen, ist das Brutalste, was sie mir neben einem Liebhaber im Haus antun kann. Der Mensch, der seit zwanzig Jahren mit mir ist, in Wärme, mit albernem müdem Gerede und gemeinsamem Fernsehen, mit dem Kopf auf mir, mit den kalten Füßen an mir, starrt angestrengt an die Decke, ist darauf bedacht, mich nicht zu berühren. Ich wage kaum sie anzusehen, aus Angst, wütend zu werden und sie mit dem Kissen zu ersticken, ich wage kaum zu atmen, um sie nicht in der Vorfreude zu stören. Ich bin zu feige, um aus dem Fenster zu springen.

Chloe erwartet ihren Freund

Ich beobachte die Ankunftsanzeige, ich erwarte, dass Bennys Flugzeug abstürzt, aber was wird dann angeschrieben sein? Verspätet? Vermisst?

Melden Sie sich bitte beim Bodenpersonal? Reden Sie gerne mit unseren Betreuern? Noch drei Stunden. Ich würde gerne rauchen, ich würde gerne. Ruhiger werden. Ich kann mir nicht vorstellen, was ich mit Benny reden werde. Was wird er anhaben? Ich kenne ihn nur mit offenem Hemd und dreiviertellangen Hosen. Oder nackt. Eigentlich erinnere ich mich hauptsächlich an seinen nackten Körper. Aber wie wird er hier aussehen, im Winter, im Neonlicht? Noch drei Stunden, und ich halte mich nicht mehr aus. Ich gehe zum zehnten Mal auf die Toilette. Das Gesicht abpudern, die Zähne putzen. Ich denke an Benny. Ich beginne an der Klowand stehend zu onanieren. Ich stecke den Finger in meinen Hintern, ich reibe mich, bis mir die rechte Hand schmerzt, ich versuche mir Benny vorzustellen, Bennys Schwanz, irgendwas, es funktioniert nicht, es tut nur weh, und meine Hand ist müde, ich verlasse die Toilette, es sind noch zweieinhalb Stunden.

Rasmus sieht auf die Uhr

In zweieinhalb Stunden landet Chloes neuer Freund in meiner – ich halte inne beim Auftauchen des Wortes »meiner« – Stadt, und ich versuche, ihn mir vorzustellen. Mit gegeltem Haar und starker Körperbehaarung. Größer als ich, vor allem im Genitalbereich. Er wird mit einem sehr massiven, beschnittenen Glied und straffen runden Hoden Chloe zu den Orgasmen geritten haben, die ich ihr nicht herstellen konnte.

Es war mir nie gegeben, Chloe zu erregen. Von Anfang an war da dieses seltsame Ungleichgewicht der Begierde, des Einander-Wollens, das es in den meisten Beziehungen gibt, Gefühle, die sich oft umkehren oder ausgleichen in den Jahren. Bei uns blieb Chloe immer oben. Immer die, die ich eigentlich nicht verdient habe. Chloe hat mich nie begehrt. Ich fand das nicht wesentlich, die leichte Gleichgültigkeit, die sie mir gegenüber vom ersten Tag an zeigte, hat mein Interesse an ihr all die Jahre erhalten. Chloe war nie eifersüchtig. Sie hat mich weder kontrolliert, noch wollte sie mit mir über ihre Gefühle reden. Wie ich das immer gehasst habe, an den westlichen Frauen, dieses Analysieren des Ichs, dieses dauernde laute Sich-Verorten in der Welt, und weder den Humor noch die Intelligenz zu besitzen, sich als lächerliches Wesen zu betrachten, aus dem ständig etwas rinnt.

Chloe hat nie Leidenschaft vorgetäuscht, dafür habe ich sie noch mehr geliebt. Mich noch intensiver bemüht. Aber ich bin kein guter Liebhaber. Ich habe mich, wie alle meiner Generation, an Pornos orientiert. Es hat sich nie eine Frau beschwert. Was vielleicht daran liegt, dass ich außer Chloe nur Schauspielerinnen hatte. Es waren eigentlich gerade mal drei Schauspielerinnen, in den besten Jahren meiner Karriere. Diametral zu meinem Misserfolg und dem damit verbundenen Ausbleiben von Gelegenheiten zur Untreue wuchs meine Gewissheit, dass Frauen ihren Platz in der Welt haben, der mit Fürsorge, Wärme und sexueller Dienstbarkeit gut beschrieben ist. In all den Momenten, in denen ich sie taxierte, ihren Alterungsprozess und den damit verbundenen Geruch abstoßend fand, ohne mich selbst kritisch zu betrachten, habe ich mich nach Chloe gesehnt. Vermutlich basiert alles, was Frauen ohne Zweifel angetan wird, die Gewalt, die Missachtung, die Ausgrenzung, auf der gebrochenen Ehre abgewiesener Männer.

Männer wie ich, ratlos vor einem Spiegel auf dem Klo sitzend.

Da sind wieder meine Füße, die werden zu einer Besessenheit, die Innenseiten voller blauer Adern, die mir unbekannt sind, die Beine ein wenig zu dünn, ein Bauch, der meinen Penis verdeckt, die Brust mit ein paar grauen Haaren, ein Doppelkinn. Als es klingelt, gehe ich mit dem bereitgelegten Handtuch um die Hüften zur Tür.

Hallo, ich bin Carmen, sagt die Frau, die vermutlich Jessica heißt.

Carmen ist um die sechzig und hat sich schlecht gehalten. Sie trägt ein azurfarbenes Ensemble mit Raubtierdruck, Federohrringe und goldene Armreifen an sehr braunen Gelenken. Ihre Haare sind irritierend blauschwarz, die Haut zu dunkel. Der strenge, säuerliche Geruch von Selbstbräuner. Kontaktlinsenblaue, zu kleine Augen. Eine unattraktive Person. So würde ich aussehen, wenn ich Frau und Nutte wäre. Ich habe sofort keine Lust, irgendetwas in diese Frau zu stecken. Aber aus beschämend einfachen Gründen möchte ich eine Frau erniedrigen. Ich denke an Chloe, die jetzt am Flughafen herumrennt und sich die Lippen nachzieht, und bitte die Frau in meine Wohnung. Hallo, ich bin Carmen, sagt Carmen, nochmals, vermutlich ist sie auch noch senil. Carmen, die aus einer Säuferfamilie in einer Kleinstadt kommt. Ostwestfalen? Vater übergriffig, Mutter Opfer, vielleicht ließ sie sich schlagen. Scheißegal, ich weiß um die pathologische Disposition von Frauen, die sich prostituieren, auch jene, die behaupten, es gerne zu tun, aber unter uns, es interessiert mich nicht. Prostitution verwirrt mich nicht, ich sehe nicht den Unterschied zwischen einer schlechten Schauspielerin, die meinen Schwanz lutscht, und Carmen. Die Frau, na, hoffentlich wenigstens das, sitzt auf dem Ehebett und wirkt wie eine Muschelkiste mit dem Wappen eines Urlaubsortes in diesem, nach bürgerlichen Maßstäben, durchdesignten Raum. Da stimmt alles, die Bauhausmöbel, das Fell, die Originalgraphik, die Lampen, das Roth-Bett, und darauf nackt: Carmen, die lächelt, öffnet die Lippen, ihre Zähne sind klein, zu viel Zahnfleisch, Zeichen der Mangelernährung, also stimmt die These mit dem schlechten Elternhaus, ein wenig roter Lippenstift am zu kleinen Schneidezahn. Würdest du direkt bezahlen? Sicher bezahle ich direkt, sie steckt das Geld ein, nimmt mir das Handtuch ab, hält den Schwanz in ihrer Hand. So klein und weiß hatte ich ihn nicht in Erinnerung. Vielleicht hat er heute ein paar Zentimeter verloren. Carmen nimmt ihn in den Mund, der Schwanz hat Angst. Sie macht ihre Sache gut im Rahmen der gegebenen Möglichkeiten. Langsam wächst er, ich schließe die Augen und versuche mir eine schöne Frau vorzustellen, doch immer schiebt sich Chloes Bild über die Visualisierung von langbeinigen jungen Modellen mit runden Ärschen, jedes Mal droht die Erektion in sich zusammenzufallen. Das mit der Bebilderung wird nichts, also betrachte ich Carmen und ihre goldenen Armreife – Blattgold? Blech? ehrlich erfickt? –, die rhythmisch klimpern, sie verwendet ein

wenig zu viel Spucke, und jetzt so, von oben, der Bauch ein wenig zu dick, die Beine noch sehr schön, sehe ich einen grauen
Ansatz in ihrem gefärbten Haar. Es macht mich geil, so eine
geschundene Kreatur an mir lutschen zu wissen. Ich habe dich
gekauft, du alter Käfer, denke ich und werde hart. Eine der
solidesten Erektionen seit langem. Carmen leckt an meinem
Eichelband herum und steckt mir plötzlich einen Finger in den
Hintern. Ich ejakuliere ins Nichts. Sprich: in Carmens Mund.
Ich sehe zur Uhr. Vermutlich landet Chloes Liebhaber genau
jetzt.

Chloe sieht nichts Überwältigendes

Ich sehe Benny mit einer seltsamen Verzögerung. Er trägt eine, sagen wir: Kappe, die seine Haare vollständig verdeckt, und einen Parka. Außerdem ist er so klein, dass er untergeht zwischen den entschlossen gewachsenen, hierzulande heimischen Menschen. Ein Moment der Enttäuschung. Benny sieht so unscheinbar aus, in seiner etwas hilflosen Kleidung, ohne seine Haare, ohne das Sonnenlicht, das sie kupfern färbt, und auch seine Haut wirkt fast ein wenig grau, als hätte sie sich in Sekunden der Umgebung angepasst.

Meine Augen brennen von Neonlicht und Klimaanlagen, ich bin erschöpft nach den übererregten Stunden des Wartens. Wir umarmen uns wie Politiker. Es fühlt sich nicht gut an. Zu viel Textilien zwischen uns, zu muffig der Geruch nach zwölf Flugstunden, zu seltsam die Frage: Was machen wir jetzt? Meine Güte, denke ich, was werden wir schon machen? In meine Wohnung gehen und Rasmus demütigen. Was sonst.

Selten war ein Taxameter so laut. Benny hatte versucht, mich zu küssen, aber seine Zähne sind ungeputzt. In den Ferien hatte er nach Sonne gerochen.

Das Taxi hält, Benny wirkt so vollkommen verloren vor unserem architektonisch interessanten Wohnblock, dass ich fast mitleidig seine Hand nehme.

Was tun wir hier? Was mache ich mit diesem sommersprossigen Mann, der endlich seine dämliche Kappe abgesetzt hat, dass ich wenigstens die Haare wiedererkenne, an die ich die vergangenen Wochen gedacht habe. Diese glänzenden, roten Locken, die sich genau an der perfekten Stelle über der hohen

Stirn öffnen, die bis zu den Schultern fallen und wie etwas Lebendiges wirken. Die Sommersprossen im Gesicht, die grünen Augen im Licht der Laterne, ich erinnere mich an ihn, beginne ihn zu küssen, auf das Gesicht, schnell, vorsichtig, damit das kleine Gefühl der Vertrautheit nicht verschwindet, dann den Mund, ich erinnere mich an Bennys drängende Art zu küssen. Es scheint heller zu werden, der Taxifahrer schweigt, das Taxameter läuft, Benny beißt mich in den Hals, hinten im Nacken, dem sicheren Punkt für meine sofortige Erregung. Ich halte Bennys Schwanz, ich würde ihn jetzt gerne sofort wiedersehen, beschnitten, dick, der sympathischste Schwanz, den ich kenne, der Taxifahrer räuspert sich, wir stolpern in den Abend, der vielleicht der Untergang der Welt ist, meine Hand in Bennys Hose. Es hat zu schneien begonnen, wir stehen im Hauseingang, ich schaffe es aufzuschließen, die Treppe in den Keller, in den Waschraum. Ich reiße an Bennys Hose, an seinem Hemd, endlich liegt die Brust frei, die Muskeln, die Wärme, sie riecht vertraut, nach Gebäck. Die Haare gehen von der Brust über den Bauch in einer Linie in die Schamhaare über, weich und dunkelrot, der Schwanz steht, ich muss ihn in den Mund nehmen, das wäre unhöflich sonst, obwohl ich das nie besonders mochte, dieses Schwanz-in-den-Mund-Nehmen. Ich kenne keine Frau, die darauf steht, aber viele, die tun, als mögen sie es. Da schnaufen und sabbern wir an den Schwänzen dieser Welt, wir würgen und riechen unsere Spucke mit Schleim gemischt, was akzeptabel sein könnte, wenn es nicht so lange dauern würde, wenn die meisten dabei nicht an irgendetwas dächten, an Heidegger oder Adorno, und dabei grunzen, und es immer noch dauerte, und nicht fast alle dächten: Warum kann ich nicht so ein paar geile Nuttentricks, mit denen es schneller gehen würde. Und dann nehmen sich alle, die ich kenne, immer vor, am nächsten Tag ein paar Tricks zu lernen, üben an Gurken abwärtsschraubende Bewegungen, suchen Penisbänder, um danach alles wieder zu vergessen. Jetzt weiß ich, wie Blasen funktioniert: mit Hormonen. Wenn man fast verblödet ist vor Gier, lutscht man jeden Schwanz, als sei er ein Geschenk. Benny nimmt mir den Schwanz aus dem Mund, zieht mir die Hosen aus, setzt mich auf die Waschmaschine, reibt meine Klitoris, bis ich nach einer Sekunde oder einer gefühlten komme, dann stößt er in mich, ein paarmal, um erleichtert auf den Boden der Waschküche zu ejakulieren. Willkommen zurück. Ich streiche ihm die Haare aus dem Gesicht.

Chloe stellt sich der häuslichen Situation

Wie beschreibt man die Auswirkung einer Grippe oder den Wahn, den Hormone herstellen. Zitternd, fiebrig, die Stimme zu hoch, der Körper brennend. Verliebtsein ist der einzige Zustand, der uns die Sterblichkeit vergessen lässt. Klügere als ich erreichen so etwas auch beim brennenden Arbeiten, bei einer Kunst. Das war mir nie gegeben. Ich hatte nie ein Talent.

Oder – ich war zu träge, danach zu suchen.

Bei jedem Schritt sehe ich mich nach Benny um. Er könnte verschwunden sein. Ich könnte komplett verrückt sein, und es hätte ihn nie gegeben.

Doch er ist da. ER betrachtet mich, als sei ich etwas, das sehr hell leuchtet.

Ich zögere nicht, die Tür zu öffnen, kein ängstliches Innehalten, keine Scham, meinem Mann gegenüberzutreten. Niemand kann einem so gleichgültig sein wie der Mensch, der eine neue Leidenschaft stört.

Es ist still in der Wohnung. Ein kurzer Moment der Hoffnung. Vielleicht ist Rasmus zu seiner Mutter gezogen. Oder in eine Kneipe gegangen, oder er hat sich einfach aufgelöst. Jeder außer Benny ist mir egal. Aber auch für den interessiere ich mich nicht. Interessieren ist das falsche Wort. Mir fallen keine Worte ein. Eher Laute. Wir stehen im Korridor, der Fernseher ist an. Ich wusste gar nicht, dass wir einen Fernseher haben. Da ist dein Mann, richtig? Fragt Benny und zeigt trotz seiner geöffneten Hose keine Verunsicherung, offenbar muss er schon merkwürdigere Situationen erlebt haben. Er hat eine Segeltuchtasche in der Hand, wirkt unternehmungslustig und parat für ein neues Abenteuer. Rasmus dreht sich nicht zu uns. Sein Hinterkopf macht mich wütend. Im Fernseher, von dessen Anwesenheit ich nichts wusste, läuft eine Castingshow. Ein dicker Junge, der vermutlich im Keller seines Vaters großgezogen wurde, singt das Ave-Maria. Ein Mann, der aussieht wie ein geplatzter Schwamm, es scheint, er ist in der Jury, urteilt in der ständig klugscheißerisch beleidigten Art eines Karikaturdeutschen: Da müssen wir uns doch jetzt fragen, warum du diesen Titel gewählt hast, der passt doch gar nicht zu deiner Stimmlage. Wenn du die Geschichte des Ave-Maria… Benny tritt zu Rasmus, reicht ihm die Hand, ignoriert die Ablehnung der Geste souverän und setzt sich neben Rasmus.

Rasmus trägt ein Unterhemd, das er sich vermutlich extra für diesen Moment zugelegt hat. So gespreizt waren seine Beine noch nie, beim Heben der Bierflasche an den Mund spannen sich seine Muskeln. Wo will denn dein Besuch schlafen, fragt Rasmus, weiterhin den Fernseher anstarrend. Ich weiß nicht, wie man sich in Situationen wie diesen verhält, das wird einem ja nirgends beigebracht. Ich weiche ins Bad aus, wische mir das Sperma von den Beinen. Im Wohnzimmer erzählt Benny etwas von Ottern. Draußen fällt Schnee, das Fenster steht offen, bemerke ich jetzt, und ein kleiner weißer Haufen bildet sich auf dem gewischten Betonboden.

Rasmus sieht den Schnee an

Der Schnee fällt in die Wohnung. Das Fenster steht offen, erfrieren sollt ihr Idioten, dass es euch geht wie mir. Ich hoffe, dass der Schnee sich im Schlafzimmer ausbreitet und mich unter sich begräbt, damit Ruhe ist und ich das Kichern meiner Frau nicht mehr höre. Sie liegt auf meinem Sofa, mit ihrem Bekannten. Sie kichert seit einer Stunde, und ich bin absolut ratlos vor Wut. Immer wenn ich meinen Blick von dem Schnee auf dem Boden abwende, sehe ich vor mir ihren zertrümmerten Kopf.

Mit was lenke ich mich ab? Mit was nur? Ich muss mich konzentrieren. Ich, oder eine Instanz in mir, die vermutlich mit einem Dämonen zu tun hat, brüllt: Ich muss arbeiten morgen, haltet die Fresse! Danach ist Ruhe.

Mir geht es besser. Ich stelle mir vor, wie ich die beiden in ihrer angenommenen Nacktheit vom Sofa auf die Straße trete, wenn ich ein anderer wäre. Ich setze mich auf. Schließe meine Pyjamajacke und stehe hinter der Tür, gleich, gleich werde ich sie aufreißen und erst ihn aus der Wohnung zerren, er wird stürzen, ich werde ihn an einem Arm hinter mir her schleifen, sein Gesicht wird auf dem Beton wundgeschliert, eine Blutspur, ein Tritt in den Arsch, er fällt die Treppen runter, die Nachbarn, gute Linke, halbjunge Menschen, öffnen die Wohnungstüren und schauen erstaunt, so viel Lebendigkeit haben sie seit Jahren nicht mehr erfahren. Da folgt dem Mann auch schon Chloe, ihren Busen bedeckend, zitternd, ich habe kein Erbarmen, schlage ihren Kopf mehrfach an die Treppenhauswand, sie rutscht an der Wand zu Boden, halb ohnmächtig.

Aber sie bekommt noch mit, wie ich ihr einige Haarbüschel ausreiße, in ihren Mund stopfe und sie dann auch die Treppe hinabexpediere. Danach zurück in die Wohnung. Lüften. Den Schneehaufen entfernen.

So, und was mache ich? Ich lege mich wieder ins Bett und denke an das Stück, das ich morgen mit einer vergnügten Rasselbande bescheuerter Schauspieler zu proben beginne. Ein Stück von einer jungen Frau mit Migrationshintergrund, in dem Hitler vorkommt. Kleiner Scherz. Hitler findet nicht statt, es geht vielmehr um eine Reise von Asylanten in die Uckermark. Ein Bus wird gemietet, erinnert sehr an Einer flog über das Kuckucksnest. Dann werden Dorfkneipen besucht, eine Versammlung von Neonazis, eine Bauernvereinigung, deutsche Küche und so weiter. Es ist ein Stück, das unserer Gesellschaft den Spiegel vorhält. Steht auf der Vorankündigung der Theaterseite. Ich weine nicht. Ich höre zitternd auf die Geräusche aus dem Wohnzimmer. Unfähig zu denken, zu handeln, erstarrt durch die Grausamkeit der Szene. Jetzt nicht selbstmitleidig werden, nicht zittern, nicht winselnd rauskriechen und betteln, hört auf, warum hört ihr nicht auf. Warum tut ihr mir das an, ich bin doch ein Mensch. Stark bleiben, ein- und ausatmen, bis ich eine Idee habe. Die nicht mit Chloe zu tun hat. Ich höre, wie der Mann draußen sich in Chloe bewegt. Das ist doch verrückt, dass man das hören kann, dieses leise Schmatzen, ich höre, wie Chloe versucht, leise zu sein, nicht zu laut zu atmen, nicht zu stöhnen. Die Wohnung ist beschissen isoliert.

Rasmus um drei Uhr am Morgen

Dieses Kichern von draußen. Flüstern und Kichern. Als wäre ich der Vater, und Chloe, meine Tochter, hätte zum ersten Mal ihren Schulfreund unter der Decke. Dabei ist sie nur meine Frau.

Dieses Konzept der Ehe darf man doch mal überdenken, oder? Was spricht dagegen, dass die Person, mit der ich nicht verwandt bin, ein wenig Spaß hat? Gehört sie mir, weil wir ein Papier unterschrieben haben? Gehören wir einander, und bedeutet das, dass wir uns miteinander quälen müssen, auch wenn wir keine Lust mehr dazu haben? Bedeutet die Ehe nicht zwangsläufig das Ende aller Gefühle?

Chloe ist nicht nur stärker und besser aussehend als ich, sondern auch intelligenter. Der einzige Grund, warum Frauen nicht schon längst die Welt beherrschen, ist ihre Faulheit. Die meisten, die ich kenne, sind zu träge, um einen Gedanken zu Ende zu bringen. Und immer ein wenig beleidigt, weil sie ahnen, dass sie mehr hätten leisten können, als die Frau eines mittelmäßigen Arschlochs zu sein. Sie versteckten ihre Klugheit hinter esoterischem Bullshit, sie verschwenden ihre Energie mit ihrer ekelhaften Gefallsucht. Und dann schlafen sie ein.

> *Sie beglückt doch diesen Leib,*
> *den sie liebt und der sie auch liebt,*
> *wie er Dich beglückt, mein Weib!*
> *Und dann hat sie meine ganze Seele –*

Richard Dehmels wundersame Zeilen fallen mir unzusammenhängend ein. Der Dichter, der vollkommen zu unrecht so ganz
und gar vergessen ist.

Wie ich.

Ich. Der mit dem Kopf an die Wand gelehnt im Bett sitzt und
seiner Frau und ihrem Liebhaber lauscht. Erregung und Zorn
haben meine Körperfunktionen so an den Rand ihrer vorgese-
henen Leistungsfähigkeit gebracht, dass ich einen Infarkt befürchte. Einatmen. Ausatmen. Ablenken. Mich an Gespräche
mit dummen Frauen erinnern. Deren Sätze sich tief in meine
Erinnerung gegraben haben. Wie die Texte schlechter Schlager.

»Ich habe diese ungeheuren Blockaden, die verhindern,
dass ich meine gesamte Kraft im Leben einsetze. Ich muss herausfinden, woher sie kommen. Was mich traumatisiert hat,
und darum gehe ich jetzt zur Hypnose, um daran zu arbeiten.
Apropos, du solltest endlich mal zugewandter sein. Du bist nur
am Arbeiten.«

Da kann man doch nur mit der Mauser antworten. Sie ruhen
sich auf unserer Arbeit aus, sie schicken uns an die Front, während sie sich ihre Nägel lackieren, Bücher lesen, Arte-Sendun-
gen schauen und Stuss reden. Diese verdammte Unsitte, jede
kleine Zuckung, jedes kleine Gefühl auf den Tisch zu legen und
so lange Worte darüber zu reden, bis nichts mehr übrig ist.

Sosehr ich versuche, einen Hass auf Chloe zu entwickeln, sie
abstoßend zu finden oder die letzten zwanzig Jahre in Frage zu
stellen, es gelingt mir nicht. Es gibt keine Alternative. Der Gedanke, mich, nur um nicht einsam zu sein, wieder einer anderen Frau zuwenden zu müssen, ist grauenhaft. Ich habe den
Hinterkopf von mir unbemerkt gegen die Wand geschlagen,
und nun läuft eine Blutspur an meinem Ohr entlang, am Kehlkopf vorbei.

Chloe betrachtet sich verwundert

Zwischen den Berührungen, dem leisen Reden von Schwach-sinn, dem Küssen und Sich-Halten, den kurzen Anfällen von Ohnmacht meine ich die Tür zu hören.

Im Raum steht ein Licht. Wie ich es mir in einer Lawine eingeschlossen vorstelle. Milchig, weiß, tödlich. Es ist kalt, die Bodenheizung funktioniert nicht. Unser Schlafzimmer ist leer, an der Wand über dem Bett befindet sich Blut, das Fenster ge-öffnet. Es sieht aus wie in einem Auffanglager in Norwegen. An der Grenze zu irgendwo. Keine Ahnung, welche Nachbarstaa-ten Norwegen zu bieten hat. Irgendein Inuit-Land? Mit Men-schen, die vor dem Eisbären- und Robbenschwund in ein gut-geheiztes Norwegen fliehen. Erderwärmung ist hier gerade nicht vorhanden. Eine schmutzig graue Schicht von Eis und Abgasen liegt auf der Stadt, ein Wind weht zwischen Küche und Wohnzimmer, ich glaube, es hat auf den Boden geschneit, da sind Bennys Sachen auf dem sonst klösterlich kargen Beton-boden, das Sofa ein Schlachtfeld, auf dem Tisch Brot, es scheint, als hätten wir Hunger bekommen in der Nacht. Ich war ein we-nig besoffen, fällt mir ein, zusammen mit der Erinnerung an die Nachlässigkeit, mit der wir uns durch die Wohnung kopu-liert haben, in der mein Mann im Nebenzimmer schlief. Bezie-hungsweise seinen Kopf oder ein anderes Körperteil an der Wand blutig geschlagen hat.

Meine Urlaubsbekanntschaft liegt auf dem Rücken, ein Arm unter dem Kopf, die Decke auf Hüfthöhe. Die Haare verdecken zur Hälfte sein Gesicht, die Muskeln sind entspannt. Kein Fett, keine bedenkliche Stelle. Ich bemerke, dass mein Mund offen steht und ich ratlos diese Perfektion anstarre. Muss man sich zu Schönheit verhalten?

Früher, als ich an einem Fenster stand, jung war und aufgeregt, ohne zu wissen, dass es meinen Körper nur nach Sex verlangte, und die Fensterscheibe küsste, ging es mir ähnlich. Der Frühling stand draußen, und alles an mir begehrte. Ich wusste nur nicht, was. Damals ging ich auf den Boden unseres Reihenhauses, der so muffig heiß roch wie in einer Sauna, die ich damals noch nicht kannte, und hatte, auf den staubigen Boden liegend, die Hitze atmend, Dinge in mich gesteckt. Ich hatte gestöhnt dabei und mich verdorben gefühlt. Erleichterung wurde nicht geliefert. Alles, was in meiner Jugend zur Bebilderung von Sexualität zu finden war, bestand aus prächtigen Penissen, die in Frauen eindrangen, die sich in Folge herumwälzten, sich die Titten streichelten und gewaltige Orgasmen bekamen.

Ich fühlte mich bis zu meinem dreißigsten Lebensjahr sehr unzureichend.

Jetzt geht es mir wieder so wie damals, auf dem Dachboden. Ich fühle mich minderwertig, nicht perfekt, unsicher: Zustände, die ich erfreulicherweise lange vergessen hatte. Und die nun wieder da sind, wegen dieser verdammten Verliebtheit.

Mir ist schlecht. Vielleicht ist es der Alkohol von gestern, der Schlafmangel oder die Verachtung für mich, der es nie gelungen ist, sich in einen Geschlechtspartner nicht zu verlieben. Welche Macht ich Männern damit übereignet habe. Macht über mich, die sie selten gebraucht haben, denn die meisten der Männer, mit denen ich sexuell war, haben sich nie für eine Beziehung mit mir entschieden. Ab und zu suche ich sie im Netz. Und bin dann sehr dankbar für ihre Voraussicht.

Es altert ja kaum einer in Gnade. All das, was einen Jungen leuchten lässt, sein Strahlen, der Glanz seines Haars, die gutgeformten Muskeln, wird ab Mitte dreißig ausgetauscht durch weiches Fleisch und fliehendes Haar. Gerade die ehemals Schönen, die einem die größten Verletzungen durch ihre Übersättigung zufügen, altern grauenhaft. Ich sehe besser aus als die meisten, die mich früher abgewiesen haben. Die heute dicken Vertretern gleichen, oder farblosen Geistern. Der Anblick dieser alten Männer macht mich traurig. Einige sind gestorben, ich sehe die Anzeigen, sehe alte Frauen, die um diese alten Männer weinen, und erinnere mich an sie, als sie geleuchtet haben für mich, an die Ausnahmezustände, die sie in mir hervorgerufen haben. An Nächte voller Wahnsinn denke ich, wenn ich diese Männer ansehe, ohne Haare, mit Bärten und traurigen Augen. Was wird nur aus uns? Was, verdammt noch mal, was willst du von mir, Benny?

Rasmus erzeugt Unruhe

Ich sitze in meiner Garderobe. In Ermangelung eines Büros habe ich hier meine Probenpläne, meine Thermoskanne und meinen Mantel untergebracht und höre seit geraumer Zeit meiner Mutter beim Reden über sich selber zu. Ich habe sie angerufen, als verlangte es mich von der einzigen Person, die aus biologischen Umständen zu mir hält, nach einer Absolution für meine Unfähigkeit, den Geliebten meiner Frau in die Fresse zu schlagen. Ich kann das nicht. Mutter, hörst du. Der Mann, der in meiner Wohnung mit meiner Frau schläft, ist mir nicht unsympathisch. Er bedroht meine kaum vorhandene Männlichkeit nicht. Er ist der Prototyp dessen, was ich immer gerne gewesen wäre. Klein, kompakt und gutgelaunt, männlich, ohne die Aggression anderer Männer zu wecken. Er sieht nicht mal besonders gut aus. Ich meine, so gut, wie es einem Rothaarigen eben möglich ist. Er wirkt vollkommen aufrichtig in seiner vertrottelten Beachboy-Art. Vielleicht ist es in dem Land, aus dem er stammt, welches auch immer es sein mag, durchaus üblich, zu dritt oder zu viert zu leben.

Nichts scheint ihm ein Problem. Er ist cool. Ich war das nie. Ich musste mich verkleiden, musste wichtig reden, etwas leisten, und selbst dann ahnten gewitztere Menschen hinter meiner Fassade einen unscheinbaren, unsicheren, von seiner Mutter dominierten Mann, der Angst hat, im Freien zu scheißen.

Natürlich ist mir das Gespräch mit Lumi, sie wollte nie Mutter genannt werden, keine Hilfe. Oder was soll es mir helfen zu erkennen, dass ich eine Frau an meiner Seite habe, die meinen

Wert nicht erkennt und die nichts aus ihrem Leben macht? Eine Frau, die weder Kommunistin ist noch Feministin.

Ich habe von meiner Mutter die wasserfarbenen Augen geerbt und den Hang zur Selbstgerechtigkeit. Dieses unbedingte Gefühl, es besser zu wissen und anderen überlegen zu sein, das Wissen um den angeblich gesunden Menschenverstand. Das bin ich. Ich kann mich so unglaublich über Fehlentscheidungen der Politik empören, nicht viel fehlt, und ich würde mit anderen Zauseln vor Bahnhöfen stehen und demonstrieren. Ich bin beleidigt, wenn man meine Ratschläge nicht befolgt. Eine Wut erfasst mich, wenn mir die Vorfahrt genommen wird. Dieses fundamentale Bewusstsein, dass sich die Welt gegen einen Überlegenen verschworen hat – das bin ich!

Meine Mutter redet, ich sehe die Wand an, ich habe ein Brecht-Porträt aufgehängt und erinnere mich an ein Gedicht. Es ist so schön, dass ich nur stottern kann. Wundersame Verse über Marie, die liebste Seelenbraut, was sich reimt auf eng gebaut, und ebenso schön der harmonische Gleichklang von Jungfernschaft und Manneskraft, Samen und Amen, Jungfernhaut und weil's wirklich so schön war nochmal Seelenbraut, man kann nicht genug davon kriegen. Fantastisch. Ich liebe Brecht. Ich liebe die Klarheit seiner Figuren. Die Entwicklungen. Brecht ist der Meister der Dramaturgie. Man spürt den schreibenden Regisseur. Jede Figur auf der Bühne verhält sich zu ihrem Umfeld. Da sind Aktion und Text in einer Könnerschaft vereint, die es bei den heutigen AutorInnen, ich denke die weibliche und männliche Form immer mit, der Erziehung meiner feministischen Mutter geschuldet, nicht mehr gibt. Ich frage die AutorInnen mit ihren Migrantendramen immer: Was schlägst du vor, was sollen meine Schauspieler auf der Bühne machen, während XY seinen Monolog über das Asylantenheim hält, hm? Wie sollen die sich denn verhalten, während eine Flachpfeife zehn Minuten vor sich hin quatscht? Und dann sehen sie mich an und sagen: Ja, das ist doch die Aufgabe der Regie, nicht wahr, und der Schauspieler, die müssen dann eben schauspielern. Und ich sage: Mit welchem Text, ihr kleinen, euch ins Repertoire gefickt habenden Stuten, sollten sie bitte spielen?

Dann ist Ruhe.

Nun, Mutter, die du gerne Lumi genannt wirst, muss ich zur Probe. Ich muss mich endlich von dir lösen, und wann, wenn nicht beim Scheitern meiner ersten Ehe, wäre eine wunderbare Gelegenheit dazu. Das sage ich nicht. Ich nicke stumm zu ihrer Androhung, uns zu besuchen. Es gibt da im Moment kein UNS, hätte ich sagen können.

Chloe gestaltet einen Alltag

Nach der Verunsicherung der ersten Tage, die aus Sich-schweigend-aneinander-Vorbeibewegen und Sich-Vermeiden bestanden, haben wir ein funktionierendes System des friedlichen Zusammenlebens gefunden. Ein für mich funktionierendes, muss ich dazusagen. Vermutlich sucht der Mensch auch im Chaos nach einer Ordnung, die er scheinbar beherrschen kann. Sie richten sich in Schutzkellern ein, in Papphäusern; nach Tsunamis stellen sie kleine Kochplatten auf und bauen mit Zeitungen einen imaginären Tisch, auf den sie Gänseblümchensträuße drapieren, die emsigen Mäuse. So wird es uns doch möglich sein, die vollkommen unsinnige Situation in einer Dreizimmerwohnung mit einer Frau und zwei Liebhabern zu etwas Gelungenem zu machen.

Benny und ich berühren einander. Nur wenn Rasmus abwesend ist, oder schnell und hektisch, wenn er duscht. In der Nacht verursachen wir keine Geräusche. Oft dringt Benny in mich ein, die Hände neben mich gestützt, mich ansehend, wir bewegen uns nicht, verharren still ineinander, vielleicht ist das Tantra oder Religion, denn die Spannung zwischen uns ist fast greifbar leuchtend. Wir atmen schwer, aber leise. Und nebenan liegt Rasmus wach.

Er geht am Morgen durch das dunkle Wohnzimmer ins Bad, sich nicht mehr extra laut am Tisch stoßend, trinkt einen Kaffee in der Küche und verschwindet, leise die Tür zuziehend.

Wenn ich am Nachmittag heimkomme, sitzt Benny rauchend auf dem Sofa, ich lüfte, denn ich weiß, dass Rasmus Rauch in der Wohnung nicht mag, auch ich bin keine große

Nikotinfreundin. Ich bin unfähig, mein Handeln einzuordnen. Seine Konsequenzen zu bedenken. Den Schaden, den ich anrichte. Ich denke an nichts außer an Benny. Oder an die Gefühle, die er mir herstellt.

Wir haben in jeder Ecke der Wohnung Sex gehabt. Natürlich auf dem Ehebett, ein Wort, in dem Pflichterfüllung mitschwingt, natürlich in der Küche, während des Essens, im Bad, selbstredend. Dort hat mich Benny mit zwei Gürteln an die Handtuchwärmeröhren gebunden. Er hat begonnen, mich zu streicheln, bis ich fast gekommen bin, dann ging er aus dem Raum, kam zurück, betrachtete mich, im Türrahmen lehnend, ich hatte Schmerzen, ich wollte einen Orgasmus, ich wollte ihn, ich begann zu betteln, Benny stieß in mich, und ich wurde fast ohnmächtig und kam erst wieder zu mir, als er mich auf das Sofa trug, den Fernseher einschaltete und mich hielt. In den letzten Tagen haben wir jede Stelle unserer Körper untersucht, meine Beine sind voller blauer Flecke von Bennys Bissen. Meine Haut ist wund, und ich sehne mich nach mehr Schmerz, mehr Reibung, mehr Ekstase. Wenn wir nicht mit uns beschäftigt sind, beginne ich zu weinen, weil ich nicht weiß, wie das enden soll. Das will man doch bei allem Überschwang gerne wissen, wie so eine Geschichte weitergeht, ob sie eine Zukunft hat, ob man auf einer Bank enden kann, im Central Park, und da sehe ich uns nicht. Ich bin nicht fähig, an irgendetwas zu denken außer an Bennys Körper, aber ich ahne, dass es irgendwann enden wird und ich Wut auf ihn haben werde, weil er nicht Rasmus ist. Benny versteht nichts von Theater, Film und Žižek, denke ich manchmal, und dann merke ich, was für einen Müll ich denke, wie sich meine Wirbelsäule beim Gedanken an Žižek versteift, mein Mund spitz wird und ich merke, wie egal es für ein Wohlbefinden ist, über den Konsens europäischer Kulturgeschichte informiert zu sein.

Rasmus betrachtet Architektur

Auf dem Heimweg schleiche ich an vereistem Beton vorbei, der sich vor den früheren Plattenbauten nur durch seine Fugenlosigkeit auszeichnet und durch größere Fenster. Diese Glaslöcher, an denen immer verlorene Menschen stehen und sich wahnsinnig unwohl fühlen, weil die Fenster auf Bauplänen hervorragend aussahen, der Mensch aber nach Nestern sucht und Dunkelheit, und dennoch ziehen alle in diese Quaderbauten, wenn sie sich nichts anderes leisten können. Und stehen an den Fenstern, sehen auf andere, die an ihren Fenstern stehen, die alle ein Stück Himmel suchen und sich denken: Und das war es jetzt? Die letzte Station in einem Betonbau, in den wir auserwählte 50er-Jahre-Sofas drapieren. Das war es jetzt mit diesem gesunden Essen und mit diesem gesunden Sport treibenden Ehepartner.

Ich vermisse Chloe, mit der ich über solchen Quatsch gar nicht mehr reden musste. Wir dachten dasselbe, ein Blick genügte, ein Nicken. Und nie, nie habe ich mich gelangweilt mit ihr. Da erwartet man doch ein spritziges Paar, das unentwegt am Diskutieren ist, hinter so einer Aussage. Wir waren genau das Gegenteil. Wir schwiegen, und es war nicht langweilig, weil wir nie in Pseudokonversationen verfielen. Jeder konnte für sich sein und fühlte sich nie genötigt, ein sogenanntes Gespräch zu führen. Es war die größtmögliche persönliche Freiheit, was uns verband. Ich rede wie auf einer Beerdigung. Hatte, gehabt hatte, gewesen. Leckt mich alle am Arsch. Ich gehe nach Hause und denke bewusst: Nach Hause, und denke bewusst: Da, wo meine Frau eine Affäre hat.

Ich werde sie aussitzen. Das wurde mir neulich Nacht klar, als ich auf dem Weg zur Toilette die beiden vom Mond beleuchtet sah. Da war nichts Verbindendes, da lag keine Zukunft vor mir, nur die Midlifecrisis meiner Frau, fleischgeworden mit roten Haaren. Ich sah die beiden im Schlaf und entspannte mich. Das war keine Bedrohung. Das war Bullshit. Sie lagen voneinander abgewandt, und über ihnen kein Heiligenschein der Liebe. Alles an diesem Bild schrie: So ein Quatsch.

Seit dieser Nacht also bin ich entspannt und weiß, Benny wird vorübergehen wie eine Erkältung. Ich will nicht neu anfangen. Ich will nicht in Bars sitzen und nicht auf Datingseiten über mein Alter lügen und eine Frau treffen, die über ihr Alter gelogen hat, die ich nicht riechen mag. Ich will, verdammt noch mal, meine Ruhe auf der Zielgeraden. Und darum werde ich warten. Ich werde Worte, die mir ohnehin nie etwas sagen, wie Stolz, Ehre, Treue, vergessen und warten, dass ich Chloe zurückbekomme. Und das werde ich. Um im Anschluss ein paar Jahre im Paradies zu leben, weil sie sich schuldig fühlen wird. Ich werde ihr immer wieder einmal über die Haare streichen und sagen: Ach, vergiss doch diese dumme Zeit. Vielleicht werde ich auch eine Affäre anfangen. Obwohl. Ich werde noch langsamer bei dem Gedanken daran. Irgendwann hat man es ja mal gesehen. Alle Positionen, alle Formen des vorgetäuschten Orgasmus. Mit fast fünfzig noch auf Affären stehen ist so peinlich wie Menschen meines Alters, die ihr Versagen mit ihrer schlechten/lieblosen Kindheit im Keller begründen. Es gibt keine Orden für vollzogenes Leiden.

Ich bin kein junggebliebener fast Fünfzigjähriger. Fällt mir da zusammenhangslos ein.

Zu Hause, in UNSEREM Zuhause, ist es aufgeräumt und warm, es riecht gut aus der Küche. Benny kocht, willst du mitessen, fragt mich Chloe in einem vollkommen falschen, fröhlichen amerikanischen Werbefilm-Tonfall. Und ob ich will, mein Hase, ich werde siegen, ich werde aussitzen, und so sitzen wir später zu dritt am Tisch und essen irgendwas und trinken Wein dazu, und nach der ersten Flasche beginnt wirklich eine Unterhaltung. Ich schließe aus Chloes Blick, dass sie noch nie mit Benny geredet hat. Fast scheint sie überrascht, dass er sprechen kann und nicht nur grunzen. Bennys Stimme ist angenehm, wenn er Englisch redet. Ein wenig heiser, ein harter Akzent. Benny hat einen Roma-Vater und eine bulgarische (vielleicht falsch verstanden?) Mutter. Seine Familie lebte am Rand von Timișoara? In einem Elendsquartier für Roma. Der Vater war weg, die Mutter ging als Nutte nach Europa und ließ den Zehnjährigen in der Wohnung. Er stahl ein wenig, ließ sich für Nahrung in den Hintern ficken und verschwand mit vierzehn auf ein Frachtschiff. Benny erzählt sein Leben sehr glaubhaft. Ein perfekter Schauspieler oder eine ehrliche Haut. Nach der zweiten Flasche Wein lachen wir über die Betonwohnung, in der wir sitzen. Benny sagt, in seiner ehemaligen Heimat sähen die Gefängnisse so aus. Und stellt einen Zusammenhang zwischen Sichtbeton und dem Gesichtsausdruck der Bewohner von Sichtbetonwohnungen sehr gut dar. Chloe ist dieser Mangel an Kultiviertheit, der sich in der Ablehnung unseres häuslichen Geschmacks manifestiert, sichtbar peinlich. Ich amüsiere mich. Der Mann ist nicht nur angenehm, er ist auch unglaublich lustig. Ich freue mich an Chloes Gesicht. Sie versucht, die neuen Informationen zu verarbeiten, um ihren Urlaubsflirt einzuordnen. Verdammt, der Dildo kann ja sprechen, mag sie denken. Benny beginnt nach der dritten Flasche Wein zu singen. Ich fühle mich wie auf dem Rand eines Brunnens hockend, wippend, nachgebend, stürzend – ich falle in Benny. Er scheint mir plötzlich wie das reine Leben, der Raum wird heller und wärmer durch ihn. Ich will diesem lustigen behaarten Mann nahe sein und habe den absurden Wunsch, die Längsfalten um seinen Mund zu berühren, seine scharf nach unten gezogene Nase, und so grüne Augen habe ich auch noch nie gesehen. Ein vollkommen sympathischer Kerl, seine Haare wippen, seine Hände gestikulieren, er lacht, verschluckt sich, es ist mir egal, dass er Chloe fickt. Ich würde ihn auch ficken, wäre ich sie. Ich möchte nicht an seinen Genitalien nesteln, ich will nur irgendwie er sein.

Der aus sich heraus zu leuchten scheint, ein kleiner Ofen. Ehe ich sentimental werde oder mit Benny zu tanzen beginne, gehe ich zu Bett. Ich lasse die kleine Lampe an und die Tür auf, einfach, um ein wenig näher bei den beiden zu sein, die sich in einer seltsamen, eigenen Sprache verständigen. Das Lächeln in meinem Gesicht beginnt zu schmerzen.

Chloe tröstet

Es geht mir besser. Ruhiger. Ich kann mich auf etwas konzentrieren, auf meine Schritte zum Beispiel. Ich kann stillsitzen, ich kann sogar denken. Im Rahmen. Fast mache ich mir Gedanken um meine Zukunft. Wenn der Inhaber des Antiquariats stirbt, zieht wahrscheinlich ein Wasserpfeifen-Café in die originellen Räume, und ich verschwinde hinter einer Supermarktkasse.

Benny will nichts. Ich habe keine Ahnung, was er den Tag über macht, auf dem Sofa. Er kauft ein, er kocht, er wartet auf mich. Er scheint zufrieden, vollkommen frei von Launen, Zweifeln, Depressionen. Wenn er sich zu langweilen beginnt, wird er weiterziehen, nach, sagen wir, Brasilien, um da in einem Nachtclub zu arbeiten oder als Drogendealer. Ich habe wieder angefangen, die Börsenkurse zu studieren. Es ist so einfach, dass ich verstehe, warum die Welt in eine Schieflage geraten ist. Wenn jeder, dessen Verstand zu ein wenig Abstraktion fähig ist, Rohstoffe kauft und verkauft, wenn jeder, der merkt, wie einfach es ist, an der Börse zu handeln, das tut, dann kann es nur in einer Katastrophe enden. Ich habe in der letzten Woche zweitausend verdient. Spielgeld. Unreal. Aber ich will mehr davon.

Es macht mich ein wenig unglücklich, dass ich mich wieder für die Welt zu interessieren beginne. Die Realität mit ihren Gebäuden und Handlungen bedeutet, dass sich der Rausch auflöst. Manchmal stellen sich Pausen in unserem Zusammensein ein. In denen wir nackt aufeinanderliegen, vom Schweiß zusammengeklebt, meine Klitoris pocht im selben Rhythmus wie das Blut in meinen Schläfen, und ich merke, dass ich nach Themen suche. Wie hast du dich gefühlt als … Ich habe die Frage, während ich sie suche, schon vergessen. Benny antwortet irgendetwas, das mich nicht interessiert, und beginnt mit meiner Brust zu spielen. Ich bin gereizt und denke, nun lass doch mal die Körperteile aus dem Spiel.

Chloe wechselt die Seiten

Aus dem Schlafzimmer kommt ein dumpfes Geräusch, es klingt, als sei Rasmus aus dem Bett gefallen. Geh nachsehen, sagt Benny, und ich gehe nachsehen. Rasmus hat seinen Kopf wieder gegen die Wand geschlagen. Zum ersten Mal spüre ich ihn. Und begreife meine ungeheure Gemeinheit. Mir wird elend, ich habe mich wohl falsch eingeschätzt, als ich dachte, ich sei ein gütiger Mensch.

Ich lege mich neben Rasmus, streichle ihn vorsichtig. Er fühlt sich fremd an, im ersten Moment. Wir sind beide angespannt. Ich mache kleine beruhigende Laute, wiege Rasmus, sein Körper wird weicher. Der Atem ruhiger. In welche furchtbare Situation habe ich uns gebracht. Was habe ich da getan. Ich streiche Rasmus über das Haar und sehne mich nach Benny.

Ich empfinde ein großes Mitleid. Doch das wird mir nicht langen. Dieses Mitleid ist doch keine Basis für die nächsten dreißig Jahre. Wenn ich Benny morgen wegschicken würde, wäre Rasmus immer der, der das Licht ein wenig trüber macht. Der nie der Richtige ist. Der schuld wäre an diesem leisen Unglück, das entsteht, wenn man mit dem falschen Menschen zusammen ist.

Benny steht in der Tür, er sieht uns an, er nickt, er wendet sich ab. Und ich verbringe die Nacht mit Rasmus, den ich halte, als wäre er mein Kind, das nach einem langen Schulausflug zurück nach Hause gekommen ist.

Rasmus ist dankbar

Ich genieße es außerordentlich, ich mache den entsprechenden Gesichtsausdruck zu »außerordentlich«, er beinhaltet erfreut hochgezogene Augenbrauen, genieße es, nicht mehr voller Verzweiflung nach Hause zu gehen, sondern fast mit einer kleinen Freude. Was wird Benny heute gekocht haben? Irgendein Gericht aus seiner armen Heimat, die Rumänien oder Bulgarien heißt, und das wird unbedingt Konservendoseninhalte als Basis beinhalten. Wie jeden Tag werden wir Bennys Geschichten hören, fast hätte ich »lauschen« gedacht, aber der Gesichtsausdruck zu »lauschen« sieht zu sehr nach Hase aus. Essen, seinen Geschichten, ähm, lauschen, jetzt mache ich doch den Hasen, danach zu Bett, und der einzige Unterschied zu früher besteht darin, dass Chloe mit Benny schlafen geht und ich alleine. Aber vielleicht schläft sie auch bei mir, wie letzte Nacht. Ich habe mich gefragt, was mir genommen wird, durch die Verlagerung ihres Schlafplatzes, um zehn Meter. Außer einmal im Monat kostenloser Geschlechtsverkehr – nichts. Man gewöhnt sich an alles und findet die absurdesten Vorteile bei jedem Quatsch, mit dem man sich von der umkehrbaren Tatsache des eigenen Todes ablenkt. Ich habe ein Bein verloren – prima, weniger zu waschen! Meine Frau und ihr Geliebter wohnen in meinem Wohnzimmer – hervorragend, dann muss ich mich nicht mehr schuldig fühlen, weil ich sie nicht mehr begehre! Ich lebe Offenheit. Ich bin der Migrationsbeauftragte in meinem Mittelklasselebensentwurf. Ich bin beschwingt von meiner eigenen Toleranz, und dafür kann ich Benny nicht ausreichend danken. Wenn ich es schon als Regisseur nicht geschafft habe, bahnbrechend zu sein – in meinem Privatleben bin ich ganz weit vorn. In unserer Wohnung teilen wir nun alle Intimitäten mit einem Fremden. Die Höhle eines Paares, mit all den kleinen Ekeligkeiten, den Haaren in der Bürste, den Kotspritzern im Klo, dem alten Wischlappen mit Essensresten, den Bakterien in der Matratze, all die kleinen stinkenden Details, die das Leben hinterlässt, die man, ohne sich zu übergeben, nur in Familienverbänden erträgt, werden jetzt von drei Leuten hergestellt, beschnuppert, ignoriert. Als ob wir eine Familie wären.

Rasmus bekommt einen »Dämpfer« und macht das entsprechende Gesicht

Ich betrete mit sehr guter Laune meine Wohnung. Fast schwungvoll öffne ich die Tür, rufe ein gutgelauntes: Ich bin wieder da! in die hallenden Betonschluchten. Was mich im Wohnzimmer, das Menschen wie wir »Living« nennen, erwartet, ist ungefähr so schrecklich wie eine dieser sogenannten Überraschungspartys, wo ein Partner all die Lutscher, die der andere Partner zu Recht seit Jahren nicht mehr gesehen hat, zu einem Fest einlädt. Und dann springen die Idioten mit Hütchen hinter den Gardinen hervor.

Meine Mutter sitzt mit rotem Gesicht neben Benny, der seine Hand auf ihrem Knie abgelegt hat. In der Küche kocht Chloe irgendwas, das nach Hund riecht. Mutter blickt nur kurz zu mir auf, um dann wieder komplett in Benny zu versinken. Die fast zwei Zentner finnischen Fleisches beben, als wären Massagesesselrollen unter ihrer Haut eingepflanzt worden. Lumi blickt mich an und durch die offene Tür ins Schlafzimmer, das sich in der letzten Woche vom Ort ehelichen Scheiterns zu einer freundlichen WG-Stube gewandelt hat, zuckt kurz zusammen, begreift, was hier passiert, doch dann vergisst sie, in welchem Verwandtschaftsverhältnis sie zu mir steht, und erzählt Benny weiter etwas auf Finnisch, über das Benny sich vor Lachen ausschüttet, der alte Mutterflüsterer. Ich gehe zu Chloe in die Küche, sie steht am Herd und sieht aus wie damals, als ich sie kennengelernt habe, nur schöner. Chloe hat abgenommen, sie war nie dick, hatte jedoch in den letzten Jahren diese Europäische-verheiratete-Frau-Figur bekommen, die Taille verschwunden, die Rundungen nach unten verlagert. Die junge, asexuelle, existenzialistische, ständig fröstelnde Person, in die ich mich verliebt hatte, war mit den Jahren durch eine gutgenährte Frau mit unklarem Profil ersetzt worden. Ohne nachzudenken umarme ich Chloe von hinten, und sie lässt es geschehen.

Chloe geschieht etwas

Rasmus umarmt mich, ich kann ihn riechen, ich erkenne den Druck seines Körpers, er fühlt sich vollkommen anders an als Benny. Rasmus ist fragil, ein wenig spitz in den Knochen, weich in der Mitte. Ich halte still, es fühlt sich nicht falsch an. Vertraut. Beruhigend. Unmännlich. Rasmus' Körper ähnelt in seiner Birnenform meinem. Ich musste mich nie meines Verfalls schämen, denn ich sah ihn in Rasmus.

Mitunter habe ich den Verdacht, dass mir wohler ist, zu dritt bei Tisch sitzend. Da ich Benny beim Reden beobachten kann. Er ist gesprächiger in Rasmus' Anwesenheit. Oder Rasmus stellt die besseren Fragen als ich, die ich Themen meide, die mich eifersüchtig werden lassen. Also alle. Ich bin auf Bennys Leben eifersüchtig, denn es gab keinen Platz für mich darin. Selbst die Freundin, die er für mich verlassen hat, war länger mit ihm zusammen, als ich es vielleicht sein werde. Sind wir wieder allein, ist manchmal eine kleine Befangenheit zu spüren, deren Ursache ich nicht kenne. Die ich ignoriere, vergrabe unter einem Stöhnen.

Aus dem Wohnzimmer die gedämpfte Stimme Bennys und das schrille, von Hormonen befeuerte Lachen Lumis. Obwohl ich weiß, dass Benny mir einen Gefallen tun will, er hat ohne Worte verstanden, was Lumis Auftauchen bedeutet, bin ich wütend. Auf die Aufmerksamkeit, die er ihr schenkt. Selbst wenn sie gelogen ist. Auf ihren Einbruch in unsere fragile Konstellation. Ich gehe mit einer großen Entschlossenheit ins Wohnzimmer, ziehe Benny vom Sofa, entschuldige mich mit einem Ausdruck absoluter Falschheit im Gesicht bei Lumi und schiebe Benny ins Bad. Ich reiße an seiner Kleidung. Presse mich an ihn, lecke sein Gesicht, greife nach seinem Schwanz. Der schlaff in meiner Hand liegt. Ich halte ihn, drücke ihn, Benny zuckt vor Schmerz zusammen, ich knie mich auf den Boden, lecke seinen Schwanz, der wie tot scheint. Dann beginne ich zu weinen. Benny schließt leise die Tür. Von außen.

Rasmus amüsiert sich nicht übel

Lumi rutscht auf ihrem Platz, als reite sie einen kleinen Büffel. Sie hat gewaltig einen in der Krone. Gleich wird sie sterben. Vorher wirft sie die Arme in die Luft, kichert, fällt in sich zusammen oder genauer auf Benny und kriegt sich nicht mehr ein vor guter Laune. Chloe sitzt mit geröteten Augen am Ende des Tisches und rührt in ihrer Nahrung. Was hast du da gekocht?, frage ich. Scheiße, sagt sie. Sie scheint bester Dinge. Der einzige, der hier gute Laune hat, bin ich. Menschen am Rande des Nervenzusammenbruchs kenne ich, ich bin vom Theater, Leute! Ich habe keine Ahnung, was die Stimmung in so eine Schräglage gebracht hat. Jede Sekunde kann dir dein Lebensentwurf um die Ohren fliegen. Dass meine Mutter betrunken, oder sagen wir, dem Stand unserer Blutsverwandtschaft angemessen: erheitert mit dem Liebhaber der Gattin, oder sagen wir versöhnlich: dem Hausfreund, flirtet, ist eine überraschende Wendung des Tages. Ich räume den Tisch ab. Geleite meine betrunkene, geile Mutter in ihr Zimmer und gehe zu Bett. Ich lasse die beiden draußen, mit ihren Problemen, welche auch immer das sein mögen, und beobachte den Mond, der vollkommen albern vor meinem Fenster aufgehängt wurde.

Da glaubt doch jeder an die Heiligkeit seiner Beziehung. Selbst wenn sie sich anbrüllen, ohne es zu merken, sich beim Essen beobachten und dem anderen das Gesicht zerschmettern möchten vor Abneigung gegen die Kaugeräusche, halten sie an der Idee fest, etwas Einmaliges zu bilden. Wir haben unsere Reibereien, sagen sie, oder, wir haben eine gesunde Diskurskultur. Viel zu mächtig scheint die Komplizenschaft. Die

Krankheiten, Verluste, Demütigungen, die sie sich selber zugefügt und dann überstanden haben. Mann, Mann, Mann, das schweißt doch zusammen. Selbst in ihrer absoluten Muffigkeit, mit Gesichtern, die nichts mehr als Verbitterung sind, halten sie zusammen und ziehen das Ding durch, bis einer sich entschließt zu gehen, nachdem die blauen Flecken nicht mehr abheilen, und dann wird er vom anderen erschossen.

Wir waren wie ihr, möchte ich heute glücklichen Liebespaaren zurufen. Und sie würden sich küssen, wie wir damals, und denken: Diese Alten, diese negativen Alten, und sich ewig fühlen wie wir damals.

Passt auf, ihr Idioten, würde ich sagen, die Achtsamkeit geht flöten, das bleibt doch nicht aus, wenn man den anderen täglich beim Urinieren beobachtet. Irgendwann geht der Respekt, oder sagen wir mal: die der Fremdheit geschuldete Ehrfurcht, verloren, wenn man um die Ausscheidungen des anderen weiß.

An einem sonnigen Tag im Mai begann ich Chloe zu besitzen, an jenem Tag wurde sie von etwas golden Leuchtendem zu einem warmen Ofen, den ich mir unter mein Gesäß schieben konnte, wenn ich fror. Ich begehrte sie nicht mehr und vermisste es nicht, denn es gab mir mehr, mich endlich einmal gut mit einem Menschen zu verstehen, mit dem ich sogar verheiratet war und mit dem ich über das Abendessen und das Wetter reden konnte. Das ist doch, was Liebe ausmacht, nicht wahr, dass man über das Abendessen reden kann und dennoch nicht verblödet, dass man die Küche renovieren kann und sich anlacht dabei, das war mir mehr wert als das bisschen Herumgereiße an den Geschlechtsorganen, das uns seltsam schwermütigen Nordeuropäern immer auch ein wenig Tod ist.

Ich kann nicht schlafen. Es scheint eine Chloe-freie Nacht zu werden. Lumi schnarcht im Nebenzimmer. Ich könnte ihr ein Kissen ins Gesicht drücken und mich und sie endgültig von ihr befreien. Auf der Schwelle meines Zimmers stehend, betrachte ich im Schein des albernen Mondes Benny und Chloe. Sie versuchen miteinander zu schlafen, und es scheint nicht zu funktionieren. Ich hab noch nicht einmal eine Schadenfreude. Nur einen leichten Stich im Magen, als ich Bennys Haare leuchten sehe. Ich beneide Chloe um diesen letzten, geborgten Rausch.

Chloe lernt neue Leute kennen

Wie schnell man sich an die seltsamsten Bedingungen gewöhnt. Sind wir zäher als Kakerlaken, oder sind wir eigentlich Kakerlaken und werden von denen, die wir Insekten nennen, so bezeichnet?

Ein normaler Arbeitstag, mit keinem Kunden, keinem verkauften Buch, mit einem Gewinn von tausend Dollar durch den Verkauf von Mais. Ich habe mir Unterlagen zu verschiedenen Weiterbildungen … o. k., das ist die Stelle, an der ich mich übergeben muss, Angebote kommen lassen, die man so zusammenfassen kann:

Hey, Sie, Mittevierzigjährige ohne abgeschlossenes Studium. Eigentlich hat der Markt keine Verwendung für Sie. Der Kapitalismus, Sie wissen schon. Weil wir aber noch eine geringe Hoffnung in Ihre Kaufkraft setzen, tun wir so, als stünden dem Fleißigen alle Türen offen. Lernen Sie mal irgendeinen Mist, Sie werden Berufsschullehrer brauchen, Vortragsräume, Lehrmaterial, und das ist gut für den Umsatz. Aber erhoffen Sie sich keine berufliche Zukunft, denn Sie sind: ALT.

Ich lese die Broschüren und schließe nebenbei meine Börsengeschäfte für den Tag ab. Ein Faltblatt zeigt mir die wundervollen Möglichkeiten, die mir als Hundetrainerin offenstehen. Hundetrainerin, ich sehe mich mit roten Wangen auf Hundetrainingsplätzen. Rüden tummeln sich. Es würde die Sonne scheinen, und keine Männer warteten auf Entscheidungen.

Die Sonne.

Es scheint, als ob auf den Straßen ein wenig mehr Licht schiene als in den letzten Wochen. Ich kaufe noch ein paar Flaschen Wein, unsere WG scheint einen Hang zum Alkoholismus zu entwickeln.

Ich habe es aufgegeben, nach einer Lösung zu suchen. Ich will im Moment weder auf Rasmus noch auf Benny verzichten. Es wird sich, wie das meiste, von selber regeln, vielleicht durch unser Ableben.

Im Wohnzimmer ist Gelächter zu hören, Rauch in der Wohnung. Benny sitzt umgeben von drei Männern, mehreren Bierflaschen und Aschenbechern in einer Marihuanawolke. Die Wohnung ist kalt, denn die Fenster sind weit geöffnet, es scheint zu schneien, ist es nicht erstaunlich, dass es dauernd in diese Wohnung schneit? Die Regale sind voller Schnee, die Bücher von Sebald tragen weiße Mützen. Es riecht nach nassem Hund. Wo ist das Tier, ich werde es sofort trainieren.

Einige Jacken, die Fußlappen gleichen, liegen auf dem weißen Wollteppich. Die Männer blicken kurz auf, erkennen meine Umrisse im Nebel nicht, sie wenden sich nach der kleinen Irritation, die mein Auftauchen hervorruft, wieder ihrem Gespräch zu, das aus tiefen Lauten ohne Bedeutung zu bestehen scheint. Benny springt kurz auf, gibt mir einen Kuss, der zu nass ist, klopft mir auf den Hintern, der verzagt ist, setzt sich wieder in die Mitte der drei offensichtlichen Alkoholiker und redet – ich vermute – Rumänisch? Bulgarisch? Ich kann diese Länder nicht auseinanderhalten.

Ich leere die Aschenbecher, damit nichts auf den Teppich fällt, nicht noch mehr, muss ich stirnrunzelnd anfügen, und starre fassungslos auf ein Brandloch. Der Teppich hat fünftausend gekostet, höre ich mich sagen und blicke in leere, rote Augen. Ich hebe die Jacken auf, ich ekle mich, ich beruhige mich, es ist schön, dass Benny offenbar Freunde gefunden hat, mein Kiefer tut weh. Ich merke, dass ich die Zähne zu fest zusammenbeiße. Es ist gut, dass er offenbar Landsmänner getroffen hat. Ein Stück Heimat in der Kälte, ein Schritt in die Normalität. Vielleicht macht er mit seinen neuen Kumpels einen Schrottplatz auf. Apropos. Lumi kommt aus ihrem Zimmer. Sie trägt einen Bademantel, den ich noch nie an ihr gesehen habe und der auf tragische Art sexuell wirkt. Man kennt diese Anmutung von Bildern, auf denen obdachlose Frauen auf der Straße Wasser lassen. Gleich wird sie sich zu den Rumänen setzen. Richtig. Sie setzt sich zu den Rumänen und redet Finnisch. Vermutlich berichtet sie über die feministische Kunstszene in Helsinki. Meine Zähne erzeugen ein Geräusch, das mich erschrecken lässt. Ich versuche zu lächeln. Warum sollte Lumi auch nicht sexuell sein, das hört ja nicht auf, wie ich es an mir erlebe, jenseits der Zeugungsfähigkeit. Obwohl ich noch ein Kind haben könnte, ich gehöre nicht zu denen, die keinen Anspruch auf Überleben in unserer Gesellschaft mehr haben. Ich werde mal etwas kochen, ich vermute, ein Gericht mit Fleischknochen käme sehr gut an, aber wir sind Vegetarier, natürlich. Allerdings ist der Zug schon weitergerollt, heute isst man vegan. Sosehr wir auch versuchen, den Anschluss an die Jungen zu halten, sie sind uns voraus. Wir haben unsere Stammzellen nicht eingefroren, als wir jung waren, verdammter Mist, und werden die letzten sein, die altern. Wie alt mag Benny eigentlich sein, er umfasst mich von hinten, er riecht nach Alkohol und Rauch, sein Körper ist kalt, und als ich mich umdrehe, um ihm klarzumachen, dass ich, verdammt noch mal, nicht von hinten umfasst werden will, sehe ich ihn glücklich. Er hat seine neuen Freunde heute kennengelernt. Vermutlich saßen sie vor dem Supermarkt, als Benny mit einer Auswahl exzellenter Konserven, mit deren Hilfe er Gerichte seiner einfachen herzensguten Heimat zubereiten würde, den Laden verließ. Er sieht mich an wie ein Hund, der auf den Teppich uriniert hat, er strahlt, und wer bin ich, es ihm zu verübeln? Ich habe die Verantwortung für ihn übernommen und habe sie vernachlässigt, ich habe Benny den Spaß verdorben, denn nach einigen Minuten brechen seine Freunde auf, Lumi torkelt in ihr Zimmer, vielleicht ist sie krank. Vielleicht sollte ich nachsehen. Vielleicht sollte ich diese Szene verlassen und nach Alaska ziehen.

Rasmus grübelt

Das Versagen verliert seinen Schrecken, und irgendwann akzeptiert man es. Nachdem man andere gehasst hat, neidisch war, versucht hat, seiner Empörung durch das Posten von Internetschmähungen Luft zu verschaffen, was natürlich nicht hilft.

Fast begrüßt man den Moment mit Freude, an dem man versteht, dass es einem zu nichts Großem langen wird. Es schockierte mich nicht mehr zu begreifen, dass ich einer bin, bei dessen Anblick chinesische Menschen sagen: Die sehn ja irgendwie alle gleich aus. Ich konnte mir nicht einreden, verkannt zu sein, denn keiner ist heute mehr verkannt. Wir haben Globalisierung da draußen und eine hungrige Welt. Ist irgendwo ein minimales Talent, eine kleine Chance auf Vermarktbarkeit zu entdecken, springen Dutzende Headhunter, Verlage, Plattenfirmen, Intendanten drauf an, um es auszubeuten. Gerne sprechen Künstler wie ich von den anderen, den Erfolgreichen, als Mainstreambediener. Aber das ist doch nicht der Punkt. Es gibt nur noch erfolgreich oder nicht, und wenn man nicht erfolgreich ist, heißt es, dass das Können nicht reicht, um Menschen zu begeistern. Dann heißt das, man arbeitet an den Bedürfnissen und dem Geschmack der Menschen vorbei. Und kann sich lange einreden, unverstanden zu sein, weil man der Zeit zu weit voraus ist. Vielleicht ja, vielleicht nein. Eher nein. Es haben ja nicht nur Autoren von Vampirgeschichten Erfolg, nicht nur Regisseurinnen von Bauerndramen, es haben Gute Erfolg, und zu denen gehöre ich nicht. Das muss ich mir doch eingestehen, auch wenn mich an schlechten Tagen die künstlerische Diktatur des Mittelmaßes ratlos macht. Es gibt keine Kultur der Elite mehr, denn wer soll diese Elite sein? Es gibt doch nur noch Oligarchen und die riesige Unterschicht, die abgelenkt werden will, von sich. Bald wird es nur noch einen Online-Buchverlag geben, nur noch ein Imperium, das Musik verlegt, und Independent-Filme kann sich keiner mehr leisten. Hatte ich früher noch gehofft, es würde sich eine Gegenbewegung zum Mainstream bilden, bin ich mir heute sicher, dass alles, was nicht wirtschaftlich erfolgreich ist, verschwinden wird. Aber dann ist es eben so. Dann ist die These falsch, dass es Kunst braucht, um zu überleben. Es braucht Unterhaltung, um die Menschen von der Depression abzuhalten. Und Fabergé-Eier, die Oligarchen mit Golfschlägern über das Grün hauen.

Heute haben die Schauspielerinnen in meinem Stück gestreikt. Sie saßen in ihrer Straßenkleidung auf der Bühne, und eine Sprecherin, die sie vorher gewählt hatten, in einem umständlichen Verfahren, in dem sie sich vermutlich über drei Stunden beschimpft haben, teilte mir mit, dass das Stück unter meiner Regie nicht zur Premiere gelangen wird. Weil sich keiner der Teilnehmenden blamieren will. Ratlos saßen wir herum, bis der Intendant eintraf und mit großer Geste mitteilte, dass er die Produktion übernehmen werde. Ich wäre draußen. Draußen?, fragte ich. Draußen!, sagte er. Dann stand ich noch ein wenig ratlos auf der Bühne, verabschiedete mich, ohne einen Gegengruß zu erhalten, und verließ das Theater in dem Bewusstsein, es nie wieder betreten zu dürfen. Nicht als Regisseur.

Ich sitze jetzt seit einer Stunde in einer Bar und habe, wie es sich gehört, wenn man am Ende seiner Karriere ist, Whiskey getrunken, der grauenhaft schmeckt. Auch so eine Legende, dieser fabelhafte eichenfassgereifte Whiskey. Das Zeug macht einfach nur am schnellsten besoffen. Das ist das Geheimnis. Whiskey kommt auf der Schnellbesoffenmachskala sofort nach Brennspiritus, und er wirkt hervorragend. Meine Demütigung ist fast schon egal. Ich sehe ein Grab, es ist meins, es liegt Laub darauf, und es ist gleichgültig, was mir nicht gelungen ist, bis jetzt.

Eine Ehe und eine Karriere, das ist zu viel verlangt, wenn man bedenkt, dass es in den meisten Teilen der Welt nur um das Überleben geht. Das fühle ich nicht, ich sage es nur zu meinem Glas. Dieses vielbeschworene Elend auf der Welt und die Dankbarkeit für die Gnade unserer Geburt am rechten Ort als weißer Mann, ich habe sie viel zitiert und nie empfunden. Ja, ich nehme noch einen. Ich lebe in dieser unerfreulichen Zeit, in der der Mittelstand sich auflöst. Falls ich es nicht schon mehrfach zu mir sagte, wie um eine Entschuldigung für mein Versagen zu finden. Vielleicht werde ich das Entstehen einer Diktatur noch erleben. Eher nicht.

Vielleicht ist heute der perfekte Tag, um zu verschwinden. Nun, da mir klar ist, dass ich keine internationale Karriere mehr machen werde.

Ich hatte lange gehofft. Bei jeder neuen Produktion dachte ich: Jetzt, jetzt kommt der Durchbruch, und ich ahnte, wie er käme. Erst jahrelang ein ausverkauftes Haus, dann Anfragen aus dem Ausland, dann würden sich die Dinge überschlagen, Gespräche mit Amerika, ein Manager, und auf einmal säße ich in New York, in einer Wohnung im Village, Loft, mit Außenpool, und hätte internationale Bekannte.

Das wird nichts mehr. Mein Hirn ist zu begrenzt, das weiß ich, wenn ich richtig gute Arbeiten sehe. Warum also nicht einfach nach Asien reisen und da in der Wärme die letzten Jahre meines Lebens abliegen? Noch einen Whiskey.

Rasmus geht gerade

Noch nie ist ein Mensch so aufrecht gelaufen. Das ist die Wahrheit. Ich spreche sie in die Nacht. Der geradeste Mensch aller Zeiten. Fichtengleicher Schattenwurf. Meine Schritte haben die Akkuratesse eines nordkoreanischen Soldaten, sie führen mich ohne Umweg zu meiner Haustür, bei der das Schloss zu klemmen scheint. Ein Nest? Man hört von einer Zunahme von Wildtieren in den Städten, die sich erstaunlich der Veränderung der Welt anpassen. Das sollte Menschen mal gelingen. Unsere Emotionen haben sich seit der Steinzeit nicht weiterentwickelt. Und bis auf geradere Zähne sind wir nicht schöner geworden. Alberne, unbehaarte, nackt schwer zu ertragende, bösartige Lebewesen.

Nach ungefähr einer Stunde habe ich das Nest ausgehoben und stehe in dem, was mal unsere Wohnung war. Auf dem Sofa sitzt meine Mutter, in einem Bademantel, den ich noch nie an ihr gesehen habe, zeigt mir Teile ihres Körpers, die ich vergessen wähnte. Lumi war früher viel nackt. Sie ist Finnin und darum gerne nackt, auch wenn gerade keine Sauna zur Verfügung steht. Ich schließe ihren Bademantel und sehe mich im Raum um, der aussieht, als hätte hier ein Krieg stattgefunden. Böse hat gewonnen. Ich laufe gerade, falls ich es noch nicht erwähnte, durch die Wohnung, die nach Rauch riecht. Warum riecht es nach Rauch, trage ich ihn in meiner Kleidung? Habe ich Kleidung an? Brenne ich? Ich würde gerne schlafen, wenn der Fußboden nicht so schwanken würde und wenn nicht Benny auf meinem Bett läge. Nackt. Was tut er da, gefesselt auf meinem Bett? Was tut Chloe da, am Fenster lehnend?

Benny muss bestraft werden, sagt Chloe, und jetzt sehe ich ein Springseil in ihrer Hand und verbinde die roten Striemen auf Bennys Körper zu etwas Unappetitlichem, was mit älteren Menschen und Sado-Maso-Quatsch zu tun hat. Ich werde trotz Trunkenheit unendlich müde vor Langeweile. Fast könnte es mich freuen, dass die beiden am Ende ihrer großen Leidenschaft angelangt sind, aber ich bin zu enttäuscht über die Vorhersehbarkeit des Verlaufes dieses Urlaubsflirts. All das Zeug von Gasmasken, Peitschen, Kleppermänteln, mit dem Leute versuchen, Sex mit einer Bedeutung aufzuladen, die er nicht hat. Verschnürt euch zu japanischen Gestecken, wählt zwischen achthundert filigranen Peitschen, ihr Idioten, Sex wird nie mehr als Sex sein, Himmel, bin ich betrunken! Whiskey, du fassgegarte Teufelsbrühe, ich komme nicht dazu, den brillanten Gedanken weiterzuverfolgen. Denn Chloe baut mich in ihr kleines Untergangsbild ein: Zieh dich aus!, befiehlt sie, und das ist so lustig, dass ich ihrem Befehl sofort Folge leiste. Ich ziehe mich aus, das mit der Hose ist ein wenig schwierig, ich benötige eine Viertelstunde, um sie mir von meinen sechs Beinen zu ziehen. Unterdessen sehe ich Benny an, der nackt mit erigiertem Schwanz vor mir liegt. Chloe hat ihn mit diversen meiner Bekleidungsstücke an den Bettfüßen fixiert. Er sieht hübsch aus. Weich, irgendwie sehr weich und anziehend. Ich sehe an mir hinunter, alles weiß, hängend, fleischgewordener Untergang, imaginärer Geruch des Verfalls. Fass ihn an, befiehlt meine dominante Exfrau, und wer bin ich, mich ihren Wünschen zu widersetzen. Sie, die so viel für mich getan hat. Mir Brei gekocht, wenn mir schlecht war, mich nicht verachtet, wenn ich einen Durchfall hatte, mich getröstet, wenn die Ahnung meines Versagens, die sich heute bewahrheitet hat, aufgetaucht war. Ohne zynisch zu sein, muss ich sagen, sie war wirklich ein guter Kamerad.

Ich lege Benny meine feuchte Hand aufs Knie, stolpere ein wenig über die Hosenbeine unten an meinem Körperende. Chloe ist nicht zufrieden. Fass ihn richtig an, sagt sie, mit einer mir fremden Stimme, und schlägt mich mit dem Springseil, das sie sich irgendwann einmal zugelegt hat. Das Springseil.

Rasmus erinnert sich an die Springseilgeschichte

Ein Morgen im Mai. Es war kalt, und ich lag lebensmüde nach dem Erwachen, ich hatte geträumt, draußen sei Herbst, ein Jahr wäre vergangen und es hätte durchgehend geregnet. Es gibt keine Lösung.

Die Bekannten, die – wohlmeinend formuliert – mit über vierzig so leben, wie wir es mit zwanzig getan haben, sind bemitleidenswert. Sie riechen nach zu viel Kaffee und Zigaretten, ihre Haare sind grau, ihre Penisse ohne chemische Hilfsmittel schlaff, ihre Scheiden trocken, sie verlieben sich in junge Frauen, die sich über sie lustig machen, oder junge Männer, die einmal eine erfahrene Frau begatten und danach die Fotos der alten Geschlechtsteile im Internet posten wollen, sie treffen sich mit alleinerziehenden Yogafrauen oder verwitweten Gymnasiallehrern, die Beziehungen enden nach einigen Monaten, weil beide des anderen Geruch eines unglamourösen Westeuropäers in der zweiten Lebenshälfte, der wie eine Aschewolke in den Küchen hängt, nicht ertragen. Die anderen, die in festen homo- oder heterosexuellen Beziehungen, riechen besser. Sie müssen sich nicht mehr im Paarungsmarkt beweisen, legen Bauchfett an, Marotten ab und erstrahlen mit der Aura Frühverschiedener.

Ich bin reinlich, die neue Wohnung riecht nach Beton, Chloe nach Jasmin, die Wäsche nach Weichspüler, wir sprechen über das Wetter, das es nicht mehr gibt, wie in der Wahrnehmung aller Alten, die sich mit ihrem Partner über Essen und Wetter austauschen, und Chloe sieht sich im Spiegel an, und das Licht von oben und ihre Schenkel wirken für einen

Moment wie ein Wasserspiel, und sie sieht, dass ich es sehe, und sie erkennt, dass ich sie nie mehr begehren würde oder schon lange nicht mehr begehrt hatte, sieht all die Pornophantasien, die ich nie hatte, während ich sie fickte.

Jedenfalls waren wir später Sportgeräte anschauen gegangen, und Chloe kaufte ein Springseil, das ich heute zum ersten Mal wiedersehe, und Cellulite-Creme, die sie vielleicht benutzt hat, deren Erfolg jedoch nicht auszumachen ist.

Chloe hat ein schwarzes Loch

Auf einmal bedeuten mir beide Männer nichts mehr. Ich sehe sie von oben, weit oben, sie sehen albern aus, in ihrer Nacktheit. Sie sind albern, in ihrer Abhängigkeit von mir. Die kleine Choreographie der Lächerlichkeit, in die ich aus Versehen geraten bin. Domina spielen, merken, dass es peinlich ist, und aus Trotz nicht aufhören. Ich habe keine Lust auf einen der beiden, ich habe, wenn ich ehrlich bin, selten Lust auf die Gesellschaft eines Mannes. Ich habe mich daran gewöhnt, mich zu verstellen, zu trösten, zu beschützen, Rasmus in allen seinen Albernheiten zu stärken und zu halten, ich finde seinen Haarverlust hässlich, seinen Beruf vollkommen sinnlos, sein Ringen um Anerkennung und die Kommentare, die ich im Laufe all der Jahre dazu formuliert habe, abstoßend. Ich hätte ihm immer sagen können: Es interessiert mich nicht. Deine Kämpfe, deine Kunst, es geht mich nichts an. Und es wäre die Wahrheit gewesen. Ist es das, was man Anteilnahme nennt? Sich Vorträge von Männern anhören, die man einer Laune der Natur folgend einmal geliebt hat, mit denen man zusammenbleibt, weil es angenehmer scheint, als allein zu sein, von denen man sich einbildet, sie seien die Familie? Vielleicht würde man all diesen Quatsch von seinem Kind besser ertragen als von einem erwachsenen Mann. Benny wird nicht anders sein. Er wird sein Leben lang kiffen, er wird fremdgehen und imaginär Gitarre spielen. Und ich würde mich sorgen, weil er nicht zum Arzt geht, weil er sich auf den Kopf schlägt, wenn er Schmerzen hat. Ich würde Angst haben, weil er zu schnell fährt, und ihn trösten müssen, weil er alt wird und nichts geregelt bekäme. All die

Zeit … Die Zeit, die ich mit den Sorgen von Männern zugebracht habe, mit der Schadensbegrenzung, weil sie immer erst
handeln und dann denken, die hätte ich nutzen können, um
ein Stahlimperium aufzubauen. Oder Bücher zu lesen, Fremd-
sprachen zu lernen. Ich habe Probleme, die ich nie hatte, zu
meinen gemacht. Das ist es, was Männer mit uns tun, das ist es,
was wir mit uns geschehen lassen, und ich möchte dieses *Wir*
kräftig unterstreichen, denn sie machen es alle. Alle Frauen,
die sich einen Mann halten, weil sie meinen, sie könnten nicht
ohne ihn sein, unterschreiben einen Kontrakt, der sagt: Ab
jetzt bist du seine Mutter. Die glücklichsten Momente meines
Lebens waren die, in denen ich mich alleine nach einer Liebe
sehnen konnte.

Rasmus macht weiter

Es wird mir gerade alles ein wenig zu dreidimensional. In der Küche steht eine Flasche Grappa, in dieser Spezialgröße.

Als ich nach beherztem Zuspruch ins Schlafzimmer zurückkehre, kniet Chloe über Benny und reibt seinen Penis. Das sieht unbeholfen aus. Ich habe für orale und haptische Dienstleistungen an meinem Schwanz immer von mir Abhängige bevorzugt. Gutes Handwerk, schnell und fachkundig ausgeführt. Chloe blickt auf. Sie sieht beschissen aus. Wie etwas, das nach dem Kampf mit einer Dreizentnerkatze übriggeblieben ist. Das Augen-Make-up verwischt, in Unterwäsche, die unzureichend die Verwüstung der Zeit verdeckt, sie hält mir Bennys Schwanz entgegen wie ein Brötchen. Ich nehme es. Es ist das erste Mal, dass ich einen Penis anfasse, der nicht an mir befestigt ist. Soll der Unterschied von einigen Zentimetern mehr in Durchmesser und Länge das Ende unserer Ehe rechtfertigen? Wären wir eines der Paare gewesen, das sich zu Wagner – ich hasse Wagner, mir tritt der Schaum vor den Mund, wenn ich Wagner höre, dieser verdammte judenhassende Olm – Butterschalen über Esstische reicht und Halstücher trägt, und zwar nur Halstücher, dann würde ich alles verstehen. Aber so war das nicht. Wir waren eine verschworene Gemeinschaft. Das schmeißt man doch nicht weg wegen … nun … Bennys Glied ist eindeutig schöner als meins. Es gleicht einem Plastikteil, zuverlässig, fest und nicht so kränklich von Adern überzogen wie meins. Bennys Schwanz strahlt eine Lebensfreude aus, der meinem vollkommen abgeht. Ich lege meinen Kopf neben Bennys, reibe an seinem Penis herum, und es hat nichts Sexuelles. Einfach ein Freundschaftsdienst, dem Alkohol geschuldet. Und der Neugier. So ein fremder Schwanz wiegt schwer in der Hand, er ist sehr warm und zuckt, unabhängig vom Rest des Körpers. Ich bin nicht besonders erregt von der Situation, in ihrer Lächerlichkeit passt sie zum heutigen Tag. Es wäre unvorstellbar gewesen, jetzt einfach im Bett zu liegen und in eine leere Nacht zu starren. Das Zimmer hätte mich verschlungen, die Wände hätten sich auf mich zubewegt, die Erde wäre untergegangen.

Ich schütte ein wenig Grappa in Bennys Mund. Wir haben es gut zusammen, und Chloe weiß nicht richtig weiter. Ich spüre, dass sie schlechte Laune bekommt, dass sie es nicht erträgt, uns so entspannt zu sehen, meine Hand am Schwanz ihres Freundes, friedlich besoffen und sie nicht beachtend, das gefällt Chloe nicht, sie steht ein wenig ratlos neben uns. Das ist die Sekunde, in der sich Chloe von der Sehnsucht in mir löst. Sie sind nicht mehr gekoppelt. Chloe ist eine Bekannte, die Sehnsucht ist weg, ich bin erlöst. Frei. Zum ersten Mal durchatmen ohne Schmerzen, seit Wochen, zum ersten Mal wieder lächeln und es so meinen. Meine Güte, was für ein Witz. Ich habe ihr diese Unterwäsche einmal in übermütiger Stimmung vor einigen Jahren gekauft. Sie hat sie einmal getragen, stand abends in einer peinlichen Pose im Türrahmen, und ich habe mich verflucht.

Chloe ist schlechter Dinge

Die Unterwäsche ist rot, sie schneidet in mein Bindegewebe. Das mir vollkommen egal ist. Diese Körperkultscheiße hat bei mir noch nie Spuren hinterlassen. Mein Zugeständnis an die allgemeine Perfektionsanforderung dem Körper gegenüber bestand im Rasieren meiner Beine. Die Männer werden ja auch nicht schöner. Mich hat es nie besonders interessiert, begehrenswert zu sein, denn ich weiß, Männer begehren auch einen Hund, wenn sie in sexueller Laune sind. Diese Unterwäsche. Rasmus hat sie in vollkommener Unkenntnis meines Körperbaues irgendwann nach Hause gebracht. Ich habe sie einige Monate später getragen, wir haben lachend auf dem Sofa gelegen. Das konnten wir immer gut. Zusammen albern sein. Wir konnten vieles gut zusammen, aber das langt doch, bitte sehr, nicht. Es gut zusammen zu können. Wenn schon alles andere in Mittelmäßigkeit versinkt. Während ich die beiden Männer vor mir liegen sehe, die am liebsten schlafen möchten und mir zuliebe einen Porno nachstellen, fällt mir ein, was ich noch vor kurzem über Leute dachte, deren einzige Idee, um aus einem ereignislosen Leben auszubrechen, Affären sind. Ich habe sie verachtet. Habe gedacht, warum schreibt ihr keinen historischen Roman, ihr Idioten, rettet Kinder in Erdbebengebieten oder schließt euch einer Urban-Gardening-Gruppe an. Die Männer scheinen schlafen zu wollen, ohne mich.

Rasmus wird zur Zaubermaus

Ich war für Sekunden eingenickt. Schnell einen Schluck. Benny droht mir zu entgleiten, Benny. Das Bienenjunge. Eine rote Wolke, in die man fallen möchte, den harten Aufprall ahnend. Ein unaufdringliches Vanillearoma, das vielleicht auch Zimt ist, geht von seinen Haaren aus. Er öffnet die Augen, und wir betrachten uns, wie zwei Kumpel in der Kneipe. Und die Alte zickt rum. Wir sollten die Situation jetzt ein wenig mit männlicher Dominanz auflockern, scheint er mir sagen zu wollen. Ja, ich mach dich los, antworte ich stumm, und für einen Betrunkenen lege ich ein flottes Tempo beim Lösen seiner Fesseln vor. Chloe ist im Stehen weggedöst, will es scheinen, wir greifen sie uns, stoßen sie aufs Bett und haben sie in Sekunden angebunden. Chloe ist zu erstaunt, um sich zu wehren. Ist ja auch nur Spaß. Benny holt Haushaltsöl, wie angenehm er von hinten aussieht. Er bewegt sich so natürlich elegant, als wäre er ein modernes Haushaltsgerät, er gießt das Öl, extra kaltgepresstes Olivenöl, das wir auf einer Ölauktion, na, und so weiter – über Chloe, und wir beginnen, wie einer ausgeklügelten Tanztheaterchoreographie folgend, sie zu massieren. Dachte ich Tanztheater? Und wie bekomme ich das Bild von schweren Frauen, die sich auf dem Boden wälzen, jetzt wieder aus dem Kopf? Ich mache nach, was Benny mir zeigt. Er streicht über Chloes Brüste, seine öligen runden Hände bearbeiten ihren Bauch, rutschen zu ihren Beinen, streifen ihre Möse, halten inne, ich folge ihm, wir matschen an Chloes Genital herum. Bennys Daumen spielt mit der Klitoris, so professionell, als hätte er es gelernt. Chloe ist weggetreten in einer Art, die ich von ihr nicht kene. Natürlich weiß ich um die Klitoris, aber ich war am Anfang unserer Geschichte einfach zu geil, um ein großes Theater um Chloes Geschlechtsteile zu inszenieren. Und dann war der Moment verpasst. Ich konnte nicht mehr den gutausgebildeten Liebhaber spielen. Das schnelle Penetrieren ist die einzige Möglichkeit unter Bekannten, miteinander Sex zu haben. Chloe windet sich unter Bennys Daumen, er hat das Tempo verdoppelt, sie schnappt nach Luft und zuckt. Sie ist gleich so weit. Benny lässt von ihr ab, und ich spüre Chloes Enttäuschung. Bennys Schwanz ist inzwischen doppelt so groß wie meiner. Wie die beiden Genitalien so im Raum stehen, spüre ich ein unbedingtes Bedürfnis nach Alkohol, um den Pegel zu halten. Ich trinke, schütte etwas Grappa in Bennys und Chloes Mund. Benny gießt etwas Grappa auf Chloes Möse und beginnt sie zu lecken. Und wieder zieht er sich zurück, ehe Chloe so weit ist. So macht man Frauen also wahnsinnig. Schade, dass ich das nie wusste. Mit seiner Eichel klopft Benny gegen Chloes Geschlechtsteil, und ich muss sagen, das sieht alles beschissen aus. Benny, der vielleicht Ende zwanzig ist, jung, prall, flauschig, über dem Körper dieser Frau, obgleich ich weiß, wie beschissen sexistisch es ist, obgleich ich politisch korrekt bin und mich für schlechte Gedanken sofort mit einem Reflux bestrafe, es ist doch so. Chloes Beine liegen auf, man sieht die Cellulite deutlich, ihr Schamhaar ist stellenweise grau, ihre Brüste fallen zu beiden Seiten, der Hals, vielleicht ist es auch nur das Licht. Ich will das nicht ficken. Meine Hand schließt sich um Bennys Schwanz. Nur so, nur schnell, nur einmal anfassen dieses Ding, das sichelförmig im Raum steht. Benny dreht sich zu mir und küsst mich. Seine Zunge ist schnell, hart und fast aggressiv. Mit einer kaum wahrnehmbaren Bewegung schiebt Benny seinen Schwanz in Chloe, ohne seine Zunge aus meinem Mund zu nehmen, stattdessen greift er nach meinem Schwanz und beginnt mich zu wichsen. Er fickt Chloe, wichst mich hart und absolut perfekt, Chloe kommt. Benny zieht sich aus ihr, und ehe ich denken kann, habe ich seinen nassen Schwanz in meinem Anus. Es tut nicht weh, es ist verdammt angenehm, seine Hand an meiner Eichel. Ich komme, wir fallen ineinander, ich denke: Ficken wird überbewertet. Dieses große Aneinanderreiben für zwei Sekunden Entladung. Dann schlafe ich ein.

Chloe ist unwohl

Es ist Mittag. Ich habe starke Kopfschmerzen. Stoße Grappa
auf, mein Körper kämpft gegen die Alkoholvergiftung. Eine
Uhr gibt es nicht, das Neonlicht tut weh, der Atem ist trocken,
die Hände scheinen zu ersticken, was mache ich hier, außer
alte Bücher anzufassen und kleine Karteikarten einzukleben,
Nummern auszuschreiben, Bücher mit den Karten und Nummern in Regale einzusortieren, wo ich sie irgendwann wieder
entnehmen werde und an irgendeinen Trottel verschicke, der
meint, nicht ohne die 1867er Ausgabe der Brüder Grimm leben
zu können. Er wird ein stinkendes Päckchen erhalten, dessen
Inhalt er mit zitternden Händen aus der Verschalung fummelt,
und da ist es, hurra!, es ist ein Buch, Fingerspitzen auf staubigen Seiten, vielleicht ein kleiner Griff in den Schritt – Mist,
nichts los, Schnalzen mit der Zunge, ohhhh, der Druck, das
war noch ein Druck! Nicht dieses Höllenmedium Internet, das
Buchmärkte und Kultur vernichtet, nur nicht auf die alten Tage
noch Gewohnheiten ändern müssen, was für eine ungeheure
Zumutung für die Kulturbegeisterte der alten Generation, die
dem Grab nahe ist und doch bitte nicht noch einmal alles neu
lernen möchte. Er wird später den Band in seine Bibliothek
schieben, er wird es den tausend Büchern, die er schon besitzt,
hinzufügen. Er wird dann mal tot sein.

Die Ladenklingel, die Tür geht auf, vermutlich eine Reise-
gruppe von Antiquaren aus Vorpommern, ich hebe den Blick
nicht von meinen staubigen Händen, denn ich weiß, wer sich in
diesen Laden verirrt. Alte Männer auf der Suche nach Erstaus-
gaben, die dann mit mir eine Stunde in Folge über Drucktech-

niken reden wollen. Der bekannte Geruch lässt mich aufsehen, in Bennys gefrorenes Gesicht. Die Kapuze voller Kristalle, die Nase rot. Vor Wochen hatten wir Sex in der Küche zwischen Stapeln alter Bücher und einer traurigen Kaffeekanne, ich war den Rest des Tages benommen gewesen, zittrig, fiebrig. Ich kann nicht mehr sagen, ob mich die Erinnerung an die Erregung oder der Mensch nervös macht. Bennys runde Hände sind rot, ich nehme sie, wärme sie, ich küsse und lecke die Hände ab, die nicht zu ihm zu gehören scheinen, kleine dicke Tiere, ich vergesse meine Kopfschmerzen und das Gefühl, dass alles, was mich ausmachte, in einen Abfluss geraten ist.

Wir gehen in ein Restaurant neben dem Antiquariat. Hier hat der Teufel selber das Innendesign gemacht. Drei Tische mit karierten Plastikdecken, weiße Stapelstühle, da fällt mir ein Gedicht ein, dessen Verfasser ich vergessen habe.

Die Angst, die wollen wir besiegen;
daheim, das soll nicht untergehen,
das schöne Glück, der kleine Westen,
der soll noch ewiglich bestehen.

Trotz aller Angst dort, jeden Morgen,
vor Armut, Kälte und dem Sein
wie jene weißen Plastikstühle,
auf Stapeln, glanzlos, nie allein.

Das ist doch alles nicht zu glauben,
nichts hat Bestand, nichts geht mehr gut.
Die Alten haben ihre Renten,
und wir, wir haben nur noch Wut.

Die Angst, die lässt uns niemals schlafen,
die Wohnung wird nie unsre sein,
die Straßen voller fremder Menschen,
Chinesen sind sie und gemein.

Jetzt kaufen sie auch unsre Opern,
und unsre Parks, die sind voll Müll.
Das alles wollte ich vergessen,
doch hier scheint es mir auch zu still.

Neonlicht. Das nicht einmal flackert, eine Glastheke, hinter der in Warmhaltealupfannen Undefinierbares ruht. Wir sitzen uns gegenüber am Tisch. Und ich weiß. Es wird keinen Sex mehr in Kaffeeküchen und auf Waschmaschinen geben. Und wenn, dann wird es ein bewusster Akt sein. »Komm, wir tun etwas Verrücktes«, wird nebelfarben über uns stehen, und ich werde uns von oben beim Wildsein beobachten. Vor dem Fenster wird es dunkel, es ist Nachmittag, wir schweigen, das Knattern der Neonröhre ist zu laut. Durch das geschlossene Fenster fällt Schnee in das Restaurant.

Rasmus hat Kopfweh

Ich erinnere mich nicht wirklich an die letzte Nacht. Da mein Hintern ein wenig schmerzt, wird es schon so gewesen sein, wie ich befürchte. Obwohl: Furcht, vor was eigentlich? Schwul zu werden? Es immer gewesen zu sein? Ich würde es sehr begrüßen. Eine neue Erfahrung, ein neuer Abschnitt. Ich denke an Benny. Oder noch mehr an mich, wie ich über Grenzen gegangen bin. Die sexuelle Erregung hat mehr mit den Möglichkeiten zu tun, die sich mir als unerschrockenem sexuellen Wesen offenbaren, als mit neuentdeckter Homosexualität. Ich begehre Benny nicht. Ich will ihn nicht ficken. Schwul sein kann man sich ja schwer einreden. Ich wäre es gerne gewesen, früher, denn die für mich als Heteromann scheinbar unlimitierte Verfügbarkeit von Sexualkontakten hat mich sehr interessiert.

Was vermutlich nicht stimmt für einen mittelalten, wenig attraktiven Mann. Apropos. Ich versuche mich daran zu erinnern, dass es mir jeden Winter misslingt, mir vorzustellen, dass es jemals wieder eine Sonne geben könnte. Der Gedanke ist zu kompliziert für mich, er verhakt sich in meinem Hirn. Egal. Unvorstellbar, dass aus dieser grauen kalten Soße irgendetwas wachsen kann.

Menschen taumeln über das Eis, der Vorort liegt an den Bahngleisen, hier gibt es Tankstellen, Autohäuser, Zahnradfabriken und ein Gebäude, in dem sich ein Pfandhaus, die Sozialfürsorge und der Männerverein eingemietet haben. Es gibt dieses Elend wirklich, an dem Autoren sich gerne aufreiben. Nur warum tun sie das, wenn doch keiner, der ins Theater geht, sich hierher verirren wird?

Meine neue Aufgabe ist es, mit Patienten einer Anti-Aggressions-Therapiegruppe Rollenspiele zu inszenieren. Eine Beschäftigungsidee der Agentur für Arbeit. Ein paar Milliarden Menschen zu beschäftigen, die sonst durchdrehen, das ist die neue Herausforderung der kommenden Jahre. Die Computer, Sie wissen schon. In absehbarer Zeit wird es keine aggressiven Männer mehr geben, weil die Gendefekte, die heute noch Träger des Y-Chromosoms zu Zeitbomben machen, dann bereits im Mutterleib beziehungsweise in der künstlichen Gebärmutter begradigt werden. Das ist jetzt noch nicht passiert, denn in dem verstörend trostlosen Raum, den ich unterdessen betreten habe, sitzen einige Männer, die man andernorts in Ketten gelegt hätte.

Der Teppichboden ist mehrfach mit Blut und Eingeweiden überzogen und schlecht schamponiert worden. Eine Neonlampe flackert. Hier ist seit fünfzig Jahren nicht mehr renoviert worden. Wozu auch, und von wem. Wird ja ohnehin wieder vollgespuckt.

Etwa zehn Männer sind anwesend, sie betrachten mich gelangweilt, mit einem leichten Abgang an aggressiven Grundtönen. Sie stehen anscheinend am Beginn ihres Pfades der Selbsterkenntnis. Die Männer, die meisten in den jungen Zwanzigern, der älteste sieht aus wie Mitte vierzig, ist vermutlich auch Ende zwanzig, wirken wie normale Schläger. Sie bellen die Worte, reden mit diesem Ich-hab-echte-Ausländerwurzeln-Rapper-Akzent, der heute als männlich gilt, als gefährlich und aggressiv. So reden die Verlierer, die es nicht geschafft haben, Hacker zu werden oder Start-ups zu gründen. Der Therapeut bat mich am Telefon, heute erst einmal zuzusehen. Kann ich. Ich bin ein Meister darin, leer zu betrachten, wie andere ihr Leben versauen, auch mein eigenes beobachte ich gerne beim Versickern in die Haltlosigkeit. Ich schaue leer, wie die Männer sich irgendetwas zubrüllen, und dabei schwellen die Adern in ihren Schläfen an. Arme Rasse.

Die Sitzung behandelt Aggressivität gegenüber Frauen. Wir üben einen Bordellbesuch. Zwei Männer treten vor. Achmed und Peter. Sie sehen aus, als hätten sie gemeinsam nicht einmal den IQ eines Border-Collies.

Wart ihr schon bei Nutten? Fragt der Therapeut. Beide nicken. Warum wart ihr bei Nutten? Die beiden Männer schauen leer. Ihre aggressiven Kollegen springen gerne ein; wenn es gilt, unter Idioten zusammenzuhalten, so tut der Mensch das gern. Normal, man geht eben zu Nutten, weil es billiger ist, als eine zu daten. Wo findet man denn sonst eine Frau zum Ficken? Weil sie die Schnauze halten. Weil da man da nicht diskutieren muss, weil man unsere Frauen erst heiraten muss, ehe man sie ficken kann. Der Damm scheint gebrochen, die Männer kriegen sich kaum mehr ein. Ich hab eine, die schluckt. Ich komme lieber in ihrem Mund als in ihren Mösen. Die Mösen sind wie Kloaken. Ich nicke innerlich. Ich kann jede Aussage so unterstreichen. Die Männer fachsimpeln, die Sache läuft aus dem Ruder. Stellt euch vor, ihr kauft eine Nutte, geht mit ihr aufs Zimmer und zieht euch aus. So, du, Peter, bist die Nutte, und du lachst jetzt Achmeds Schwanz aus. Peter lacht. Er spuckt dabei ein bisschen. Achmed holt aus und schlägt Peter seine Faust ins Gesicht. Seht ihr, sagt der Therapeut, sich vor Peter stellend, seht ihr, das ist genau die falsche Reaktion. Peter ist aufgestanden und haut nun Achmed ins Gesicht. Ich gehe vor die Tür, um zu rauchen. Dabei rauche ich nicht. Nicht mehr, muss ich schmunzelnd anfügen. Ich esse kein Fleisch mehr, ich schlafe nicht mehr mit meiner Frau, dafür lasse ich mich von ihrem Liebhaber ins Gesäß stoßen. Der Lachkrampf, den ich bekomme, ist lang anhaltend und ehrlich. Seit Monaten habe ich nicht mehr so gelacht. Drinnen scheint eine Massenschlägerei stattzufinden, neben mir landet ein Stuhl auf der Straße. Nach der dritten Zigarette ist mir klar, dass ich nicht in diesen Raum zurückkann. Sozialhilfe scheint mir weniger demütigend, als ein paar Hunde, die nicht mal Border-Collies sind, dressieren zu müssen. Ich weine fast vor Erleichterung, als ich in der leeren Tram sitze, die durch ein Kriegsgebiet zu fahren scheint. Da hat wohl ein Erstschlag stattgefunden, der uns im Zentrum entgangen ist. Es ist vier Uhr nachmittags. Und ich habe keine Ahnung, was ich als nächstes unternehmen soll.

Chloe und die neuen Bekannten

Ich vergesse immer öfter Gegenstände, Namen von Gegenständen. Ich vergesse, Unterwäsche anzuziehen. Schlaflosigkeit verblödet den Menschen, macht ihn fahrig und traurig, und all das trifft auf mich zu. Zähle ich die Stunden zusammen, die ich in den letzten Wochen geschlafen habe, komme ich vielleicht auf fünf. Die Euphorie ist einer Stimmung gewichen, die am ehesten mit dem Begreifen des Todes zu beschreiben wäre. Aber wem soll ich sie beschreiben? Rasmus redet nicht mehr mit mir, was falsch formuliert ist, mir fällt nur die richtige Beschreibung nicht ein. Er redet über das Essen und unterhält sich mit Benny über Männerthemen, von denen ich nie ahnte, dass sie ihn begeistern. Ich habe keine Ahnung von Männern, ich verstehe sie nicht. Ich begreife nicht, was Benny da tut, jeden Tag. Zusammen mit seinen Freunden, die ich Bierchen und Rommel nenne, bekifft auf dem Sofa, das ich bereits abgeschrieben habe. Nur so viel: Der sensible Textilbezug war in sogenanntem gebrochenem Weiß gehalten. Gewesen. Ich mache mir über Sofas Gedanken. Die These, dass ich verblöde, erhärtet sich.

Die, Dings, Aschenbecher voller selbstgedrehter Zigarettenstummel und Joints, leere Weinkartons. Lumi sitzt immer neben dem, den ich Bierchen nenne, der keine Zähne hat. Aber Lumi ist Finnin, wer braucht da schon Zähne. Ihr geistiger Verfall wäre normalerweise ein ernstes Diskussionsthema zwischen mir und Rasmus gewesen. Wir hätten überlegt, wie wir ihr helfen können, ob wir sie in eine Reha geben müssen, zu einem Therapeuten, oder ob wir sie einfach über die Balkonbrüstung kippen sollen, aber es gibt das »Wir« nicht mehr, das über Lumi diskutieren könnte. Lumi ist einfach Teil meines sich auflösenden Lebens geworden. Ein Gespenst, das neben einem Mann sitzt, der Bierchen heißt. Vielleicht denkt sie an früher. Vermutlich empfindet sie sich aber selber nicht als alt, so wie ich es auch nicht tue. Ans Alter denken immer nur die, die einen von außen sehen.

Für sie selber vollkommen überraschend verstarb Chloe im Alter von 106 Jahren in den Armen ihres unterdessen vierzigjährigen Liebhabers. Liebhaben. Ich frage mich seit kurzem, ob Benny mich lieb und was er hier erwartet hat. Die Flucht in den Kapitalismus? Die Sugar-Mummy, die ihn ernährt? Was will er eigentlich von mir, wenn er doch lieber mit ein paar Säufern im Wohnzimmer hängt?

Mein Erscheinen ist stets das Zeichen zum Aufbruch für die Rasselbande. Sie nicken und versuchen sich unauffällig aufzulösen. Wie wir alle.

Rasmus habe ich seit Tagen nicht mehr gesehen. Ich bin zu somnambul, um mich zu fragen, wo er ist. Vermutlich macht er eine wichtige Inszenierung von irgendwas. Theater. Noch nicht mal der Widerhall eines Erkennens. Ich lüfte, reinige die Wohnung, Benny macht den Fernseher an und sieht russische Programme. Das ist das Gefährliche an den Wünschen, die man ans Universum schickt, man muss sie zu Ende formulieren. Es klingelt. Ich höre Stimmen. Ich höre ständig Stimmen. Meine verstorbenen Eltern reden zu mir öfter, als sie es zu Lebzeiten getan haben. Meine Eltern, an die ich mich nur noch erinnere wie an Filmszenen. Alle Szenen spielen im Zoo. Zu jeder Jahreszeit und immer bei den Ameisenbären, die meine Mutter Stöpselhunde nannte. Die Stöpselhundfamilie, das waren wir. Zwei drollige Eltern mit einem Kind auf dem Rücken. Das war vor dem Abgang meines Vaters, vor der Bekanntschaft meiner

Mutter mit dem Alkohol. Und nun kann ich mich nicht einmal bedauern, denn alle tragen eine Enttäuschung mit sich.

Ich sitze in der Badewanne, versuche die Müdigkeit von mir abzuwaschen, und ich möchte so sehr, dass diese Trauer verschwindet. Ich und Rasmus, das waren die Ameisenbären. Wann ist meinem Unterleib die Sache nur dermaßen entglitten? Ich hatte doch gedacht, nie, nie würde mir das passieren, was ich bei anderen Paaren so verabscheute. Der Verrat am Freund, nur um die Geschlechtsteile wieder zu benutzen.

Draußen sind Stimmen zu hören. Die Rumänen? Lea und David. Der Dezember ist schon lange vorbei, es mag unterdessen März geworden sein. Unser Termin seit Jahren. Freunde aus einem anderen Leben. Aus einem Leben, in dem sich Paare nett besuchten, um im Anschluss schlecht über das andere Paar zu reden. Ich habe sie nicht nur vergessen, sie sind aus meinem Gedächtnis komplett verschwunden, und heute ist das Datum, an dem wir jedes Jahr mit ihnen ein Fondue machen. Ich hasse Fondue. Wenn ich warmen Schleim zu mir nehmen will, fallen mir bessere Möglichkeiten ein.

David, Lea, wie schön, euch zu sehen, das ist Benny, mein Freund, unser Freund.

Schweigen, Blick auf den Bademantel, Blick auf Benny mit den roten Augen, das Sofa in gebrochenem Weiß, das Bettzeug auf dem Sessel, Rasmus' Zimmer durch die offene Tür. Ich koche, sagt Benny und verlässt die Situation. So, und wie geht es, frage ich Lea und David und setze mich in Lumis fleckigem Bademantel sehr elegant auf das dreckige Sofa. Heute können die beiden sich gut fühlen. Sie können sich ihrer Liebe versichern anhand unseres abschreckenden Beispiels. Hättest du gedacht, dass es ausgerechnet bei Rasmus und Chloe so enden wird? Niemals!, werden sie sagen und Angst haben um ihre Gewohnheiten. Ich schließe das Fenster, räume das Bettzeug in

Rasmus' Zimmer. Benny fragt, ob wir Knoblauch essen. Natürlich essen wir Knoblauch, wir können gar nicht ohne ihn, wir sind junge, verrückte Menschen und wissen, Knoblauch ist ein Beitrag zum multikulturellen Diskurs. Er wächst uns quasi aus den Ohren, der Knoblauch. Lea und David. Architekten, die sich durch Gelegenheitsjobs in Kneipen über Wasser halten. Ein Paar, das alles richtig macht. Ihre Wohnung hat auch im Winter nicht mehr als 14 Grad Raumtemperatur. Man kann sich ja was anziehen. Sie essen all diese gesunde Scheiße, die heute den Sex ersetzt, sie engagieren sich in Foren, sie sind eigentlich Arschlöcher, und ja, auch wir sehen sie nur, um uns danach besser zu fühlen. Der unerfüllte Kinderwunsch ist ein großes Thema der beiden, wir haben es nächtelang diskutiert, hat aber auch nichts geholfen. Lea fühlt sich unzulänglich. David, dem die Sache eigentlich egal ist, will Lea zufriedenstellen und wird es nie schaffen. Keine Pointe. Und das ist also dein neuer Freund? Fragt Lea in die Stille der gutisolierten Neubauwohnung. David fügt mit dem gegebenen Ernst an: Was sagt Rasmus, ich meine, wie geht er mit der Situation um? Gerade als ich einen Vortrag über unsere wunderbare offene Beziehung beginnen will, tritt Benny mit einem herzensguten Gericht aus seiner Heimat in den Raum. Er redet, verteilt Teller mit Suppe, schenkt Wein ein und setzt sich neben Lea. Alle trinken sehr aufmerksam. Die Lösung aller Probleme. Man muss die Menschen einfach mit einem rechten Alkoholpegel ruhigstellen. Rasmus und ich hatten uns immer über Weintrinker lustig gemacht. Der Wunsch nach Rausch. Keiner sagte: Wir wollen einfach besoffen sein, damit wir uns nicht beim Sitzen beobachten müssen in all diesen unwürdigen Situationen. Mit Menschen, die uns nichts angehen, mit Partnern, die uns egal sind, oder alleine mit Bauchansatz, das wollen wir vergessen, aber – erlesen muss es sein, das Vergessen! Und dann fah

ren die Paare, wenn sie es sich leisten können, nach Südfrank-
reich und verkosten Wein und kaufen das Zeug kistenweise,
nur um es im Anschluss zu Hause ins Klo zu kotzen. David
räuspert sich und nimmt noch ein Glas. Allen ist unbehaglich,
und es wird auch nicht besser, als Benny versucht, unterhalt-
sam zu werden. Architektur, toll, sagt er, ich finde Häuser sehr
anziehend, ich hatte einen Freund, der hat Bordelle designt,
kann man so sagen? Er hat herausgefunden, wie der Publi-
kumsverkehr läuft, wohin die Kunden zuerst schauen, welche
Beleuchtung gut ist und welche Temperatur im Whirlpool
Luststeigerung bewirkt. Besonders wichtig war das Klangkon-
zept. Der Kunde muss das Gefühl haben, dass er nicht allein
ist, und dennoch seine Privatsphäre haben, das ist schön an-
spruchsvoll.

Schweigen. Nachschenken. Nach dem fünften hinunterge-
stürzten Glas lockert sich die Stimmung. Leas Hand rutscht
auf Bennys Knie. Davids Kopf fällt auf den Tisch. Auf dem
Gang zur Toilette merke ich, dass es mir schwerfällt, mich gerade zu halten. Vermutlich bin ich betrunken. Ich bin jeden
Abend betrunken, weil ich nur leicht unklar, oder sagen wir:
stark besoffen vergesse, dass mir gerade mein Leben wegbricht,
weil ich dumm war, geil war, weil ich dachte, ich könnte noch
einmal von vorn beginnen, weil ich ahne, dass ich am Ende
meines Abenteuers allein bleiben werde. Mein gesamtes ge-
schlechtsreifes Leben waren Liebesgeschichten das Geländer,
an dem ich mich bewegte. Von einem Aufruhr zum nächsten.
Allein gab es mich nicht, allein wartete ich nur darauf, mich
erneut zu verlieben. Meist unglücklich. Meist in Genies. Für
die ich mich aufopfern konnte. Um die ich mich leise bewegen
konnte. Die ich finanzieren und füttern konnte. Keinem Mann
fiele so ein Schwachsinn ein. Durch eine Frau leben zu wollen,
sich aufzuopfern, um Macht über sie zu erlangen. Alle Gurus

existieren nur durch Frauen, die sie verehren. Alle Rockstars, alle Herrscher, Fürsten, Wissenschaftler, Künstler haben immer diese treuen Frauen im Hintergrund, die nur zu faul und zu feige sind, selber etwas aus sich zu machen. Nur nichts durchhalten. Auf halber Strecke doch lieber ein Kind bekommen, damit diese erlesene Rasse nicht ausstirbt. Wir richten uns gemütlich hinter jemandem ein. Und bestrafen uns mit gesundem Essen. Rasmus war immer der aktive Teil unserer Beziehung. Er litt, arbeitete, regelte, und ich habe ihm das Gefühl gegeben, ohne ihn nicht existieren zu können. So ist die Beziehung gelaufen. So sind sie alle gelaufen. Ich hätte mit Benny weggehen sollen. Nach Alaska oder in einen Freistaat. Ich hätte ihn ernähren sollen, ihn beschützen, und habe ihn nur in die Wohnung meines Mannes gesetzt. Da hockt er nun, mit zwei besoffenen Spießerbekannten von mir. Und meinem Mann. Von dem ich mich nicht trenne. Weil ich keine Ahnung habe, wie ich allein durchkommen soll, ohne diese Eigentumswohnung, ohne den Bekanntenkreis. Ich muss eingenickt sein. Zurück im Wohnzimmer, Lea und David sind verschwunden. Benny ist schon im Bett. Ich räume den Tisch ab und lege mich neben ihn, ohne ihn zu berühren.

Rasmus macht Tiererfahrungen

Ich vermute, dass Lea und David zu Hause sitzen und Schleim essen. Chloe hat die beiden sogenannten Architekten bei irgendeiner Fortbildung kennengelernt. Ein Kurs zum Reichwerden, für das Selbstwertgefühl, irgend so ein Quatsch, den Loser veranstalten, um ihrer Hoffnungslosigkeit zu entkommen. Also heißt es noch ein wenig Zeit totschlagen. Die Vorstellung, dass Chloe und Benny sich mit diesen beiden steifen Arschgeigen unterhalten, erfüllt mich mit Schadenfreude. Über was werden sie sich unterhalten? Die Veränderung der Welt? Homophobie, der braune Mob? Die Macht der Konzerne oder irgendein anderes angelesenes Zeug, das alle nur aus dem Internet kennen? Keiner von uns kennt einen Nazi, einen rechten Burschenschafter, Leute, die vor Asylheimen herumspazieren und rufen: Wir sind das Volk! Die kennen wir doch nicht. Wir bewegen uns unter unseresgleichen und haben ja, bitte schön, genug damit zu tun, unser Leben mit all seinen Verpflichtungen auf die Reihe zu bekommen. Hoppla. Die schwere Tür, künstlicher Grünspan darauf, die kenne ich. Künstlicher Grünspan, das passt zu diesem Tag, den ein unbewusster Teil meines Ich jetzt beenden möchte. Ich kenne das hier. Ein Club. Es war eine Premierenfeier. Das findet man witzig in Theaterkreisen. Bei den Schwulen oder den Nutten, in einer Strip-Bar feiern, in einer Ludenspunte, einem Box-Club, ein wenig gefährlich hat man es gerne, unter Künstlern, sich runterbeugen, sich verbünden, anstoßen mit einem Schläger. Mit einem Hells Angel, mit einer Nutte, und im guten Bewusstsein, zu den Rechtschaffenen, wenn auch Wilden zu gehören, den Heimweg anzutreten, zurück in die Bürgerlichkeit. Heute ist Fickstutenparty. Sagt der Türsteher, ein eleganter Herr mit einem Barett. Das ist mir so recht wie alles andere, sage ich. Ich werde eingelassen. Du bist zu spät für die Stuten. Bist du ein Hengst? Natürlich bin ich ein Hengst. Garderobe, Kasse, ein Infoblatt mit zwei Seiten Regelwerk.

»Die Deckhengste können die zur Fleischbeschauung angeleinten Stuten in Ruhe ansehen. Wenn sich ein Deckhengst für eine Stute entschieden hat, leint er sie ab und führt sie zu einem Deckplatz seiner Wahl, oder er deckt sie direkt an Ort und Stelle. Wenn ein Hengst mit dem Decken der Stute fertig ist, steht die Stute wieder den anderen Hengsten zum Decken zur Verfügung.«

Ich bin ein Glückspilz. Das klingt nach einem Event der Spitzenklasse. Kondompflicht, klärt mich der Mann an der Kasse auf, der mir zeigt, wo ich mich umziehen kann. Ich komme mir sehr deplatziert vor, in der Umkleidezelle, die einem Internat nachempfunden ist. Metallspinde, kalte Duschen, einige Männer legen elegante Chaps und Harnische an, was ich mit meiner weißen Unterhose neidisch beobachte. Kann ich so gehen?, frage ich einen behaarten, bärtigen Mann neben mir, der so vertrauenswürdig wirkt wie ein Förster, sofern man ignoriert, dass ein monströser Schwanz aus seiner Chaps hängt. Als Stute hättest du jetzt nicht so viel Chancen, sagt er kollegial, und ich folge ihm durch dunkle Gänge in einen ebenfalls dunklen Raum. Ungefähr fünfzehn nackte Männer auf allen vieren, sie haben Futtersäcke über den Gesichtern. Fass sie ruhig an, sagt mein Nachbar, der die Klöten eines Mannes abschätzend in den Händen wiegt. Die Atmosphäre erinnert mich an Träume, die von abstürzenden Flugzeugen handeln. Mit mir laufen fünf andere Hengste am Angebot vorbei. Wir Hengste sind gewöhnliche Männer. Wenig Muskeln, bleiche Körper,

Bäuche, die auch nicht attraktiver werden, wenn man sie mit Ledergurten bespannt. Die Männer mit den verdeckten Gesichtern reizen mich zu nichts. Schlaff hängt mein Glied in der weißen Unterhose. Ich bin hier, weil ich meine Verzweiflung zu Hause nicht ertrage, und so sehe ich auch aus. Ein heterosexueller Mann mit dünnen Beinen, der versucht, einen schwulen Mann darzustellen, und hofft, nicht aufzufliegen. Das wäre mir peinlich. Scheinwerfer auf den hässlichen heterosexuellen Mann in seinen Unterhosen, der mal ein bisschen Schwule besichtigen will.

Das erste Paar entfernt sich in einen Nebenraum. Ich habe keine Lust, einen Mann zu ficken, denke ich, als ich ihn sehe. Benny. Oder den Zwillingsbruder von Benny. Ein rotbehaarter, runder Körper, scheinbar ohne Knochen. Soll es der sein?, fragt mich ein Angestellter in Uniform. Ich nicke. Er bindet Benny von dem Metallring in der Wand, der erhebt sich und gleicht Benny auch in der Körpergröße. Der Nebenraum ist dunkel, ein paar Matratzen am Boden, für die, die es gern öffentlich mögen. Ich stelle mich hinter den Mann, der wieder auf allen vieren vor mir kniet, und betrachte seinen Hintern. Ich fasse ihn an. Fest und warm, behaart und freundlich. Ich berühre seinen Körper, den Rücken, den Nacken, die Beine. Ich schließe die Augen, stelle mir Benny vor, rufe die Trunkenheit zurück, stecke meine Finger in den Mann, werde hart und stoße zu. Tja, was soll ich sagen. Der Sex mit einem Mann unterscheidet sich nicht von dem mit einer Frau. Reibung, Phantasien, Ejakulation. Allein das Danach unterscheidet sich in diesem Fall von allen Erlebnissen, die ich bis jetzt hatte. Ich fühle mich nicht schuldig. Ich bin nicht verantwortlich für den ausbleibenden Orgasmus des Geschlechtspartners. Ich bin kein Vergewaltiger, Aggressor, ich bin einfach ein Mann, der einen weggesteckt hat. Ich ziehe mir meine Unterhose hoch, die Stute wird weggebracht, ich setze mich an die Bar, um nicht in die Realität zurückzumüssen, die für mich heißt: Ich bin einer, den die Gesellschaft nicht mehr braucht. Ich bin einer der fast Alten, deren Gehirn und Körper zu nichts mehr taugen, zu spät, viel zu spät, um ein Mathematikgenie zu werden. Oder Leistungsschwimmer. Um irgendwo neu anzufangen, in Amerika zum Beispiel. Es langt nur noch für Kambodscha, Elend in einer grüngestrichenen Bude, Prostituierte, in die ich mich verliebe und denen ich auf allen vieren hinterherkrieche. Apropos, hier halte ich es nicht mehr aus. Zehn Wodkas später, der Raum stinkt unerträglich nach Sperma, das macht mich nicht geil, nur traurig in einer Art, die mir den Boden unter den Füßen nimmt. Es gibt kaum einen Zustand, der ungnädiger ist als Liebeskummer. Die Einsamkeit, die er herstellt, ist überwältigend. Und sie nimmt nicht ab, egal, was man anstellt. Alkohol, ficken, tanzen, schlagen, es werden immer, immer die falschen Menschen sein, mit denen man seine Zeit verbringt. Mein Herz tut weh.

Chloe und die Unterwäsche, Teil zwei

Nachdem Lea und David verschwunden waren, hatte ich einen Slip, der nicht mir gehört, auf der Toilette gefunden. Er war feucht, roch nach Sperma, ja, ich hab mich nicht gescheut, das zu überprüfen, und es gab zwei Erklärungen. Die erste hieß David, die zweite hieß Benny. Ich hatte Benny in der Nacht den Slip gezeigt, und er hatte gesagt, dass er nur die Situation entspannen wollte.

Ich hatte wieder eine Nacht lang wach gelegen und mich den durch Trauer und Schlafmangel verzerrten harten Fakten gestellt. Ich hatte eine Liebesgeschichte mit einem Mann, der sein Leben damit verbrachte, in meiner Wohnung Marihuana zu rauchen (wie alle Spießer habe ich keine Ahnung von Drogen) und meine Freundinnen zu begatten (unwichtig, dass ich keine Freundinnen habe). Als nächstes würde er vermutlich noch ein wenig dealen und ein paar Frauen für sich arbeiten lassen. Mir wurde klar, dass ich etwas tun muss.

Seitdem bin ich krank.

Chloe ist krank

Seitdem liege ich auf dem Sofa.

Und Rasmus ist verschwunden.

Ich bin zu schwach, um daraus eine Erkenntnis zu ziehen.

Mein Gehirn lässt keine Gedanken zu, die Krankheit lässt sich nichts Bekanntem zuordnen. Die Gliedmaßen, der Leib, der Kopf, jedes Organ schmerzt, ich muss viel weinen, ohne dass es einen Auslöser gäbe. Die Wohnung verkommt zu etwas Unverständlichem. Überall stehen Schüsseln herum, die ich vorher noch nie gesehen habe. Am Tag kommen Bennys Freunde, sie haben den Anstand, sich in die Küche zurückzuziehen. Von dort gedämpft das Geräusch von Rotwein, der aus Pappkartons in Gläser gegossen wird, und leises Murmeln. Ab und zu singen sie. Lumi habe ich nie mehr gesehen. Vielleicht hat ihr Freund sie erschlagen.

Das Sofa ist voller Taschentücher. Ich benutze keine Taschentücher.

Benny bringt ab und zu eine Pizza, die er nach einiger Zeit alleine isst, die Schachtel am Boden, er ist ratlos, er weiß nicht, was er anstellen soll mit einer kranken Frau. Er wirkt in hohem Maße verunsichert, streicht mir über die Wange, als fürchte er, mir weh zu tun, steht verspannt im Raum, er schaut aus dem Fenster, er sitzt vor dem Bett, er weiß nicht weiter. Ich auch nicht. Ich kann mich nicht um Benny kümmern. Ich ahne, dass er einsam ist in dieser Umgebung. Gedämpft durch die Krankheit, um welche auch immer es sich handeln mag, erregt Benny mich immer noch, macht mich immer noch unruhig. Jeder Körperteil an ihm weckt kleine Schübe von Wiedererkennen alter Lust. Vielleicht erregt mich nur die Erinnerung an die Verliebtheit. An den Zustand des Unendlichseins. An die Freude am Leben. Darum geht es doch, wenn wir uns verlieben. Nicht endlich sein, nicht auf der Erde sein, nicht an Konsequenzen denken, oder an den Tod. Verliebtsein ist der Zustand, den wir vielleicht nur in der Kindheit erleben. Nur nennen wir es dann anders. Lebendigsein.

Nach der dritten schlaflosen Nacht ist Benny in Rasmus' Zimmer gezogen. Ich bin zu schwach, um ihn davon abzuhalten. Ich will ihn nicht neben mir haben, aber auch nicht dort. Ich will nicht, dass alles zu Ende ist. Nicht, dass die Erregung aus meinem Leben verschwindet. Vielleicht alle zwei, drei Jahre treffe ich einen Mann, der mich nervös macht, der mir gefällt, obwohl das Wort feige ist. Der mich geil macht, und zwar sofort, nach einer Sekunde. Die Wahrscheinlichkeit, dass es dem Mann mit mir genauso geht, ist nicht sehr groß. Sie gefallen mir nur jung. Warum soll es ihnen anders gehen? In den letzten zwanzig Jahren habe ich vielleicht fünfmal einen Mann gesehen, der in mir diesen spontanen Wahn ausgelöst hat, einen Menschen sofort besitzen zu wollen. Ich habe mit diesem Gefühl nie etwas anzufangen gewusst, denn immer war Rasmus bei mir. Was sollte ich da tun? Einem Jungen meine Nummer zustecken? Und dann? Das wusste ich nie, dieses Und dann. Einen Fremden treffen, in einem Hotelzimmer, mit ihm Sex haben. Aber was sollte ich sagen? Sollten wir etwas essen vorher? Die erotischen Begegnungen habe ich zur Bebilderung meiner Masturbation benutzt. Ein paar Tage.

Benny steht in der Badezimmertür, der Oberkörper nackt; die Pyjamahose sehr tief sitzend, die Haare im Gesicht, schaut er mich wie immer ein wenig von unten an, und es sticht in meiner Brustgegend, vermutlich sind diese Schmerzen auf Hormone zurückzuführen, wie alles, aber ich kann ihn nicht zu mir holen, mir wird schlecht, wenn ich versuche, den Kopf zu heben. Hebe ich den Kopf, klingelt es laut. Immer lauter. Es klingelt nicht nur in meinem Kopf, sondern überall. In der Wohnung, vor der Wohnung, vermutlich ein Atomalarm.

Chloe hat das Klingeln nicht gehört

Seit ich krank bin, habe ich das Gefühl, als klingle es laufend. Ich führe es zurück auf die Auflösung meines Gehirns, versuche aber dennoch, Ursachen auszuschließen. Selten war mir ein Boden weicher, selten die Wände flüssiger. Mit einem alten Pyjama und einer Strickjacke öffne ich die Tür. Nach Minuten erkenne ich diesen verkleideten Menschen dort im Sichtbetonflur als Lumi. Sie hat den Bademantel durch Kleidung ersetzt und betrachtet mich mit noch mehr Ekel als bisher. Warum bist du nicht bei Rasmus?, fragt sie. Woher hat sie diesen Hosenanzug? Auch ihre Zähne scheinen neu zu sein. Woher hat sie diesen unendlich großen Kopf?

Warum bist du nicht bei Rasmus?, wiederholt Lumi, und ich habe keine Ahnung, wovon sie redet. Ich sage: Ich muss mich setzen, und setze mich. Auf die Treppe, die Architektur der offenen Begegnung betrachtend, um nicht mehr auf Lumis riesigen Kopf zu starren.

Sie sagt: Du musst bei deinem Mann sein, denn noch bist du verheiratet. Noch bist du keine Witwe, auch wenn dir das gefallen würde.

Ihre Stimme klingt, als spräche sie unter Wasser. Mein Kopf rauscht. Das Klingeln ist verstummt. Lumi ist verrückt geworden, so viel ist klar. Zieh dich an, sofort! Wir gehen jetzt zu meinem Sohn, so viel Anstand musst du haben! Ich werfe irgendetwas über den Pyjama, ich folge Lumi nach draußen, in die minus zwanzig Grad dieser oft zitierten Welt. Nach einer Viertelstunde, in der Lumi mit einem körperlich spürbaren Hass neben mir hergelaufen ist, erfahre ich, was passiert ist mit

Benny. Er hatte einen Infarkt. Sie haben ihn aus einem Club, ein kurzes Innehalten, in ein Krankenhaus gebracht, man hat versucht, mich telefonisch zu erreichen, das Klingeln… Nun liegt er dort, mit verschiedenen Bypass-Operationen, von denen eine mit Komplikationen verlief. Die Komplikation heißt, Rasmus wurde in ein künstliches Koma versetzt. Die Komplikation ist, dass ich einen Trainingsanzug über dem Pyjama trage, dass ich schwitze, dass mir schwindlig ist und schlecht und dass ich nicht begreife, was Lumi redet. Sie spricht davon, dass sie unsere Wohnung nie verkauft hätte, wenn sie gewusst hätte, dass Rasmus…

Du hast die Wohnung verkauft?, frage ich, ohne dass die Worte, die ich aneinanderreihe, einen Sinn für mich ergeben. Ein Schneesturm ist aufgekommen, und mein Mund füllt sich in wenigen Sekunden mit weißem Kristall.

Von weit her beschimpft mich Lumi. Gedämpft durch den Schnee in meinen Ohren erklärt sie, dass die Wohnung, die auf ihren Namen eingetragen ist, nun einem Investor gehört und sie mit dem Geld ein neues Leben in Rumänien beginnen wird. Ich sehe Lumi von der Seite an, sie ist absolut irre. Es gibt keine andere Erklärung. Eine gefährliche Irre mit fleischigen Armen.

Auf ihre Arme habe ich immer meine Ablehnung fokussiert. Ich vermute, dermaßen fleischige Unterarme, die am Handgelenk große Fettfalten und Fettgrübchen bilden, sind selten auf der Welt. Sicher äße man eine Woche lang sehr gut, wenn man diesen Arm zubereiten würde.

Der Schneesturm wächst sich zu etwas aus, das ich nie mit dem Wort tobend beschreiben würde. Mir fällt aber kein anderes Wort ein. Es pfeift, kleine Eisbomben dringen in jede Pore, schießen in die Ohren, die Nase; die Augen zu Schlitzen verengt, das Gesicht schmerzt, ich schwitze und bekomme nicht genug Luft.

Nie war mir der Eingang eines Krankenhauses tröstlicher erschienen. Die schwache Beleuchtung, eine Rettungsinsel in dem, sagte ich es?, tobenden Schneesturm. Das fast warme Neonlicht, der Geruch nach Desinfektion, der Linoleumboden.

Ein Krankenpfleger bringt uns zu dem Zimmer, in dem Rasmus liegt und mit Maschinen verbunden ist, die vermutlich sein Blut durch Bitcoins ersetzt haben. Der Boden schwankt nicht mehr. Der Boden ist weg.

Chloe liegt neben Rasmus

Rasmus liegt im Bett neben mir. Seine Augen sind geöffnet. Er betrachtet die Decke. Einige Geräte sind noch mit ihm verbunden. Ich habe eigene Geräte, ein eigenes Bett, in meinem Handrücken steckt eine Kanüle, sie schmerzt mehr als die Erkenntnis, dass ich überlebt habe. Rasmus, sage ich, und Rasmus antwortet nicht, ich spüre, er ist nicht anwesend. Ein formelles und komplett sinnloses Klopfen an der Tür, eine Ärztin tritt zu mir. Mit einer sehr kühlen Hand greift sie nach meinem Puls. Ich werte es eher als Geste zur Beruhigung, denn Puls und Herzschlag werden von einem Gerät überwacht. Sie redet, wie es nur Ärztinnen können, um die Patienten von sich zu halten. Eine große Begeisterung trägt ihre Ansprache, in der von einer seltenen Kombination die Rede ist, Syphilis und Streptokokken verbunden mit einer Lungenentzündung. Sie spricht von Antibiotika, von großem Glück und wendet sich dann erklärend Rasmus zu. Sein Zustand stabilisiert sich, sie werden ihn aufwecken, es kann sein, dass sein Hirn geschädigt ist, seine Mutter wartet draußen, ob ich sie sehen möchte. Absurde Frage. Wer möchte nicht, mit diversen Geschlechtskrankheiten infiziert, mit der Mutter des Ehemannes reden, der nicht Verursacher der Infektionen ist.

Verstört sitzt Lumi zwischen Rasmus und mir. Ich denke an Romeo und Julia, ich denke an Benny. Denke an die Aufregung, wenn ich seinen Namen noch vor ein paar Wochen leise flüsterte. Die ist weg. Was wird er tun, in der leeren Wohnung? Ob seine Freunde schon eingezogen sind? Mein Körper schmerzt weniger, der Kopf ist klarer. Lumi weint. Rasmus starrt, ich warte. Dass Lumi redet. Sie erklärt sich. Ich täusche Schlaf vor.

Chloe täuscht Schlaf vor

Ich habe lange nachgedacht. Sagt Lumi, und ich weiß, nach so einem Satzbeginn kann nichts Gutes folgen. Lumi fährt fort: Du willst ein neues Leben, Rasmus hat sich mit deiner Entscheidung arrangiert, und ich habe das Recht, noch einmal zu lieben.

Ich mache ein leises Geräusch. Das animiert.

Ich habe das Recht auf …

Oh, nein, das sagt sie doch nicht wirklich? Diesen Satz, den ich vor einigen Wochen zu Rasmus gesagt habe. Wie widerwärtig er klingt. Wie peinlich dumm. Die Wohnung. Seit Minuten redet Lumi von der Wohnung. Es ist mir egal, was mit der Wohnung passiert. Ich habe sie nie gemocht. Lumi redet davon, dass wir noch ein paar Wochen bleiben können, sie hätte das schon mit dem Käufer besprochen. Keiner antwortet. Stille. Nicht mehr zu ertragen. Lumi erhebt sich unsicher, verlässt den Raum, nicht ohne sich dreimal zu uns umzusehen. Rasmus starrt an die Decke.

Millionen Paare auf der Welt liegen vermutlich in diesem Moment nebeneinander. Sie halten sich an den Händen wie dicke Geschwister, sie schmiegen ihre Köpfe aneinander und ihre Geschlechtsteile, die hässlichen unterentwickelten Geschlechtsteile pochen in Erinnerung ihrer Funktion. Sie liegen nebeneinander und berühren sich nicht, sie hatten sich vorgestellt, dass ein Leben zu zweit angenehm sei, immer aufregend wie am ersten Tag, und sind enttäuscht. Manche liegen alleine in ihrem Bett, der Partner ist gestorben. Vor ein paar Tagen, einigen Stunden hat er aufgehört da zu sein, und er war doch so selbstverständlich gewesen. Und der zurückbleibende Teil des

Paares ist starr und merkt, dass er so nicht weitermachen kann. Auf einmal allein, ohne den besten Freund, ohne den, der ihn zudeckt in der Nacht. Ohne den, den man verantwortlich machen kann für die Langeweile an verregneten Sonntagen. Ich probiere, ob ich aufstehen kann. Der Boden schwankt nicht mehr, der Körper schmerzt weniger, die Schritte bis zu Rasmus erledige ich mit Haltung und Grazie. Ich setze mich an den Bettrand, und als mir kalt wird, lege ich mich zu ihm unter die Decke.

Rasmus wacht auf

Endlich verschwindet Lumi. Und Chloe hat sich neben mich gelegt. Komm heim, sagt Chloe. Sie zieht sich an, küsst mich so vorsichtig, als könnte ich zu Staub zerfallen, und geht.

Rasmus wird wiedergeboren. Wochen später

Fäden werden gezogen, der Tropf gewechselt, Geräte abge-
schaltet, Wunden heilen, bald kann ich über Wasser laufen. Mit
jedem Tag werde ich stärker. Von einem wimmernden Fleisch-
haufen zu einem Menschen. Mit einem Willen und mit Aufregung begrüße ich den Tag, an dem ich beginne, mich zu
langweilen. Langweile ist der Luxus der Genesenden. Jeder
Moment ein erstes Mal. Den Fernseher anschalten, das Fenster öffnen, es schneit, welch ein Wunder, das erste Mal wieder
auf Toilette, die erste Ausscheidung, mein dicker Bauch ist verschwunden, die Haut ist durchsichtig geworden, die ersten
grauen Haare im Schambereich, das definitive Begreifen der
Zeit, die ich noch hier verbringen werde. Ein Ahnen dessen,
was danach kommt. Das Nichts. Die Abwesenheit von Jahres-
zeiten, Erde, Liebe. Was sind wir für arme Irre. Reden uns Unendlichkeit ein, betrügen einander, als gäbe es dieses Nichts
nicht. Ich weigere mich, daran zu denken, dass meine Euphorie
einfach nur dem Überleben einer Katastrophe zu verdanken
ist. Ich will neu beginnen, alles anders machen. Ich will leben.
Das war mir vorher, beim ständigen Kokettieren mit dem
Ende, nicht so klar gewesen. Keiner will sterben. Ich sehe sie
doch neben mir wimmern, hier auf der Intensivstation. Von
Geschwüren zerfressen, von Schmerzen irre, hundertjährig,
schwach, einsam, aber sterben wollen sie nicht. Das will doch
keiner, und wenn die Jungen vom würdevollen Sterben reden,
dann meinen sie: Verzieh dich, ohne ein Theater zu machen!
   Ich will diese Jahre haben, die mir vertraglich zugesichert
sind. Ob mit oder ohne Chloe. Ich will leben, flüstere ich leise

und wähne mich in einer Rolle in einem amerikanischen Film. Gleich kommen die Geigen. Aber es ist nur die Schwester. Sie tragen übrigens keine Strapse. Diese Schwestern. Sie reicht mir einen Brief. Das erste Mal einen Brief erhalten, seit Erfindung der Mails. Lumi schreibt aus Nessebar, wo auch immer das ist, vielleicht ein Ort im Paradies. Mit von Tränen verwischter Tinte, vermutlich hat sie einfach nur geschwitzt, verlangt sie Absolution. Und es ist mir vollkommen egal. Ich freue mich, dass diese Wohnung aus meinem Leben verschwindet. Vermutlich fing das Elend mit ihr an. Es freut mich, dass Lumi weit weg ist. Es war an der Zeit. Bald habe ich Geburtstag. Ich werde fünfzig. Ich habe keine Ahnung, ob die Menschheit noch so lange aushält, bis ich meine biologisch vorgesehene Lebenszeit abgesessen habe. Die Schwester kommt zurück. Sie lächelt mich an und flüstert: Sie sind niemals bald fünfzig! Sie sind ein ungemein gut aussehender Mensch, was vermutlich an Ihrem reizenden Inneren liegt. Ich empfehle Ihnen, wenn Sie die Sache hier überleben, wählen Sie einen anderen Beruf! Gehen Sie unterrichten! Machen Sie eine Bar auf, fangen Sie einfach noch mal neu an! Was können Sie denn gut? Vielleicht stecken Ihre Talente ja hier – und sie fasst mit ihrer kühlen, eleganten Hand an mein Glied.

Ich denke lange nach und merke, dass ich außer Lesen nichts gut kann. Vielleicht bleibe ich einfach liegen und lese, sage ich der Schwester, die sich aber unterdessen aufgelöst hat. An ihrer statt leuchtet ein seltsam goldenes Licht im Raum.

Vielleicht habe ich noch ein paar nette Jahre. Möglicherweise mit Chloe. Eventuell mit Benny. Oder mit der Schwester.

Chloe weiß, was zu tun ist. Wochen später

Rasmus wird überleben. Männer wie er überleben immer. Sie sind zu vorsichtig. Zu kontrolliert, sie gehen zur Darmuntersuchung.

Benny wird einer von denen sein, die mit fünfzig sterben. Die Wilden, Unbeherrschten, die Freaks und Punks, die werden sterben, es hat bereits begonnen. Jede Woche verschwindet einer meiner ehemaligen Liebhaber, meiner früheren Freunde, die Drogen genommen haben, die laut waren und unbeherrscht. Die grauen Mäuse bleiben übrig. Sie werden hundert, auch wenn ich mich frage wozu.

Ich finde nicht mehr in die Unbeschwertheit, die es mir ermöglicht hat, mit Benny zu schlafen. Schlafen, denke ich schon. Ich gehe arbeiten, besuche Rasmus; wenn ich nach Hause komme, hat Benny gekocht. Das Schweigen ist unbehaglich. Ich beobachte ihn beim Essen, beim Schlucken, er schmatzt ein wenig. Wir küssen uns fast schüchtern. Schlafen getrennt. Benny ist leise, seine Freunde sind verschwunden, die Wohnung aufgeräumt, er bewegt sich, als wolle er nicht, dass ich ihn sehe. Doch ich sehe ihn. Ich begehre ihn nicht mehr. Ich möchte ihn trösten. Es ist die Zeit für alte französische Chansons. Es vergehen Tage, an denen es dunkel ist, an denen ich mich mit unklaren Gedanken aufhalte, Listen mache, bis er da ist, der Moment, da es keine Fragen mehr gibt.

Chloe räumt auf

Benny sitzt angezogen auf dem Sofa. Die Heizung ist ausge-
schaltet, vor seinem Mund Rauchwolken. Die blöde Segeltuchtasche steht neben ihm. Er sieht mich an, seine Augen sind rot,
vermutlich vom Kiffen. Ich wollte mich verabschieden, sagt
Benny und steht auf. Ich habe für eine Sekunde vor ihm Angst.
Ich sehe zum ersten Mal, wie ärmlich seine Kleidung wirkt, wie
schlecht durchblutet seine Haut, wie ungewaschen seine Haare.
Ich verstehe nicht mehr, was mich an ihm wahnsinnig gemacht
hat. Die Vorstellung, ihn nackt zu sehen, stößt mich ab. Wir
umarmen uns. Sein Geruch ist stechend. Er schwitzt. Nun geh
schon, denke ich, geh schon. Er geht. Die Haustür schlägt hinter ihm zu. Ich beginne aufzuräumen. In zwei Wochen darf
Rasmus nach Hause.

Rasmus darf nach Hause

Als mich Chloe abholt, scheint zum ersten Mal seit Monaten die Sonne. Ich glaube ja nicht an Zeichen, aber es ist wirklich ein bemerkenswerter Umstand. Mit dem Licht wird ein blauer Himmel geliefert, und Boden, der nicht mehr silbergrau gefroren ist, Luft, die nicht mehr wie Rauch aussieht, als käme das Leben zurück. Und ja, ich halte das für eine ausgesprochen gute Metapher. Chloe und ich fahren in die Innenstadt. An einem Platz, der für Fahrzeuge gesperrt ist und in dessen Mitte ein Brunnen steht, betreten wir ein sehr altes Haus. Ohne Lift, natürlich ohne Lift. Im fünften Stock befindet sich eine Mansardenwohnung. Zwei Zimmer auf zwei Etagen, ein Bad und eine winzige Dachterrasse. Fast keines unserer Möbel hat hier Platz. Vermutlich sind sie zusammen mit der Wohnung verschwunden. Haben sich aufgelöst da am Stadtrand, dem neu entstandenen Elend. Ich schaue auf den Platz. Chloe steht neben mir, und wir haben wieder einen Blutkreislauf. Seltsame Wasserspeier gegenüber an den Dächern, erleuchtete Wohnungen junger Menschen, unten Restaurants und Cafés, ich habe es so vermisst, das Leben. Wenn es schon nicht New York geworden ist, wenn es schon keine Karriere geworden ist. Wenn schon wenigstens meine Frau und mein Herz wieder funktionieren. Chloe hat in ihrem Buchladen gekündigt. Nicht dass ich mich jemals für ihren Arbeitsplatz interessiert hätte. Sie macht jetzt irgendwas mit der Börse. Wenn schon Scheiße, dann richtig.

Chloe sieht eine Sonne.
Es ist unterdessen März

Die Sonne steht in der Wohnung. Ich hatte vergessen, wie Licht wirkt. Die Sonne!, ruft Rasmus aus seinem Zimmer. Wir schlafen in getrennten Betten. Ich arbeite nachts. Ich verdiene das Geld. Und verstehe jetzt, warum die Menschen nicht genug davon bekommen können. Es ersetzt jeden hormonellen Aufruhr. Rasmus geht nicht mehr arbeiten. Er hat sich in unserem zweiten Zimmer eingerichtet, verlässt das Bett nur für ausgiebige Spaziergänge, ansonsten liest er, schaut fern und fragt mich, was es zum Essen gibt. Ich bin jeden Morgen seltsam zufrieden, wenn ich auf die Stadt da unten sehe, die Bestuhlung der Cafés; die absolute Freiheit, nirgendwohin zu müssen, Musik zu hören, alles unter Kontrolle zu haben. Die Fenster sind offen, die Luft noch kühl, mit dem Versprechen auf warme Abende. Unten fahren ein Krankenwagen und ein Polizeiwagen vor, eine Person wird eingeladen und ihr Gesicht abgedeckt. Ein kurzes Frösteln. Eine Lücke in der Welt. Für einen Fremden wird dieser erste März das Ende von allem sein. Für eine Familie, einen Partner wird er sich von nun an jedes Jahr wiederholen als der Tag, an dem das Unglück begann. Ich schließe das Fenster.

Benny reist ab. Sozusagen.
Es ist unterdessen März

Frühling. Was man hier so gutes Wetter nennt. Ich wohne seit dem Ende meiner Liebe bei einem Bekannten, den ich vor dem Supermarkt aufgelesen hatte, um Chloe zu einer Reaktion zu bewegen. In Rumänien war er Internist. Keine Pointe. Sie lieben Stereotype hier. Meine Geschichten kamen unglaublich gut an. Mein hohler Blick, wenn sie von ihren Heroen erzählten. Buñuel, Lynch, von Trier! Ich habe manchmal ein wenig Speichel aus meinem Mund tropfen lassen, zur kompletten Darstellung eines Idioten.

Ich habe auf dieser Matratze gelegen und hatte das Gefühl, dass man durchaus an Herzversagen sterben kann, bei Liebeskummer. Ich bin von der Welt getrennt. Jeder Schritt ist Schmerz, jeder Atemzug. Es ist die unendliche Einsamkeit, von dem Menschen, den man liebt, getrennt zu sein. Ab und zu kommt eine Wut, vielleicht als Vorbote der Genesung. Ich werde heute abreisen, aus dieser grauen Stadt, aus diesem kaputten Land mit seinen Leuten, die einander nicht ansehen. Ich dachte, es seien Gerüchte von den Menschen hier, die sein sollen, wie ihre Sprache klingt. Rassisten bis ins Mark. Vielleicht sind ihre Gesichter dem Wetter geschuldet, doch ich habe die Vermutung, dass sich dort einfach nur ihr Inneres spiegelt. Sie haben sich nichts Erfreuliches bewahren können. Aber vielleicht gab es auch nichts Schönes in ihrer Kindheit. Der raue Ton der Eltern legt es nahe.

Ich habe Chloes Mann nicht verstanden, der wie ein Hund im Nebenzimmer lag, ihre besoffene Schwiegermutter, die mit einem Idioten durchbrennt, von dem jeder Mann nach einem

Blick weiß, dass er nicht mehr Charakter hat als ein Zaunpfahl. Ich habe mich nicht verstanden, in diesem Bild des Elends, in dem mich alle für einen Idioten gehalten haben. Chloe. Ich kann ihren Namen immer noch nicht denken, ohne dass meine Atmung sofort aussetzt. Obwohl wir nicht reden konnten und mir die andauernde ausschließliche Körperlichkeit auf die Nerven ging. Chloe. Während ich packe, dem Bekannten einen Zettel schreibe, denke ich an ihr seltsames Leben. Betonsichtwände. In den Achtzigern ein höchst aufregender Beitrag zur Architekturdebatte.

Ich hoffe, sie haben es jetzt gemütlich in ihrer Mansarde. Ich habe nicht spioniert, nur zufällig,

kurze Pause,

den Umzug in die Stadtmitte verfolgt.

Ich schließe die Tür zu einem weiteren traurigen Leben. Auf der Straße ist es trotz der müden Sonne kalt. Es wäre mir egal gewesen, Chloe, Chloe, Chloe, ich hätte es ausgehalten hier, denn du wärst dagewesen. Ich hätte deinen traurigen dünnen Mann ertragen, ich hätte die Betonsichtwände ausgehalten, und gleich stehe ich vor deinem neuen Haus, vor deinem Leben, in dem nur mein Schwanz kurzfristig geduldet war.

Die Krähen schrei'n
Und ziehen schwirren Flugs zur Stadt:
Bald wird es schnei'n,
Weh dem, der keine Heimat hat.

Sagte Nietzsche. Tränen in den Augen von diesem verschissenen Wind hier, ich werde noch einmal …

Chloe schaut noch einmal runter

Die Sirenen entfernen sich. Der Lastwagen hat den armen Kerl frontal erwischt. Lebe wohl. Wer auch immer du warst.

Ich mache mir einen Tee, lege Klaviermusik auf, Goldberg-Variationen, passend zu diesem Tag, der harmlos, freundlich und ruhig ist, ich hoffe, dass alles jetzt so weitergehen wird. Bleiben wird. In Ruhe. Später, als es, wie für die Jahreszeit noch üblich, nachmittags dunkel ist, als ich Rasmus höre, der die Seiten seines Buches umblättert, fallen draußen die ersten Kirschblüten auf den Boden. Wie Schnee, der alles zudeckt, leise macht, still, nicht mehr vorhanden.

Sibylle Berg lebt als Dramatikerin und Autorin in Zürich und Tel Aviv. Bisher veröffentlichte sie 15 Romane, 16 Theaterstücke und wurde in 26 Sprachen übersetzt. Bei Hanser erschienen: *Der Mann schläft* (Roman, 2009), *Vielen Dank für das Leben* (Roman, 2012) und *Wie halte ich das nur alles aus* (2013).

Peter Huchel: »Mondballade«, in: *Gesammelte Werke* in zwei Bänden, Band I. Die Gedichte, Herausgegeben von Axel Vieregg, Suhrkamp Verlag, 1984

Michael Lentz: »ich sitze im november«, aus: ders.: *Offene Unruh. 100 Liebesgedichte.* © S. Fischer Verlag GmbH, Frankfurt am Main 2010.